ごない女

女の装い

「おかあさんがださいTシャツとか買ってきます」◉12歳

そもそも思春期までは、親に言われるままの格好をしている時期です。それを「ださい」と思うようになったということは、いよいよ思春期に突入のようです。ゾクゾクしますね。（つづく）

親とは

「なぜ親の言うことをきかないといけないんですか」◉10歳

親とは、育ててくれるありがたい存在ですけれども、ときに、というより、ほとんど、わたしたちに呪いをかける厄介な存在です。その呪いは、親心や親の愛という強力な呪術でできていますから、なかなか解けません。呪いをかけられていることに気づかない子すらいます。その場合は、呪いを解くのがさらに遅れて、さらに厄介なことになります。しかも、呪いが強力であればあるほど、よりいい子に、つまり世間的にも成功するいい子になれます。いい子になると、親の呪いもまたさらに強くなる。呪いが強くなって、さらにいい子になる。堂々巡りのようですが、そうではない。いずれ、呪いに気がついて、それを解こうとし始めたとき、呪いが強ければ強いほど、解くにも強い力が必要で、力をふりしぼっているうちに、わたしたちも強く鍛えられていくという寸法です。

ですから、十歳くらいのときには、子どもは親の言うことはきかねばなりません。少なくとも「きかねば」という意識は持っていなければなりません。それがそもそも親の呪いです。親の呪いはすでにかけられているんですが、まだだれも、それに気づいていません。親もこれは愛であるとばかり信じ込んでいて、呪いとは気づいてません。もしかしたら気づく必要もないのかもしれません、少なくともこの時点では。

母と娘

「おかぁさんが大好き。おかあさんみたいになりたい」◉11歳

これは、まどみちおのぞうさん症候群と言われまして(ほんとか?)、子どもは、一時期、ここを通過しないではいられないし、母親は、こんなことを言われると、盆正月に誕生日とボーナスを加えたくらい、うれしい気分になるものです、などと喜んではいられません。母には母の責任がある。義務がある。つい肩に力が入ります。肩をいったん持ち上げて、それから下ろしてみてください。力がスッと抜けます。

母は娘には教えたいことがいっぱいある。自分の踏んだ轍のいいところは踏んでほしい。よくない轍は踏まないでもらいたい。当然の親心です。しかし同時に、母は母であるというだけで、娘に対して、ふつうの人と人との関係より、ずっと絶対的な、強大な、むこうが否定したくても否定できない立場にいる。

母が娘を「愛する」「期待する」「心配する」のは、娘にとっては「呪われる」「支配される」「つきまとわれる」に近いときもある。民話は、そのへんをしゃあしゃあとお話の中に組み込

んでいきます。民話の母は魔女や継母に姿を変えて、娘を憎み、閉じ込め、追いかけ、殺し、食い、そしておうおうにして娘に殺されます。この腹から生み出し、ふたつの乳房で(伝統的な言い回しでこう言うんですが、もちろんそうでないこともよくある)娘を育てたわたしたちは、もしや、在るだけで、娘にとっては毒なんではないか。

わたしたちが一人一人違う母であるように、娘たちも一人一人違う娘です。どの娘も、どんなかたちであろうとも、一人一人の人生を生き抜こうとしているのであります。

母としては、一人一人の娘たちが、「あたしはあたしだ」という人生の極意をしっかりつかめるように、見守り、受け入れたい。そのためには、いずれ、かわいがったり期待したり心配したりするだけじゃなくて、突き放す、かかわらない、忘れてみるということも、必要になってきます。(つづく)

父と娘

「妻が妊娠中。女の子のようです。ぼくは一人っ子。女の育て方の基本を」●35歳まあ一人一人違うんですが（模範回答）、ざっくりいえば、女である母親にとっては、くり返される経験です。でも、経験があるだけで、別の人格ですから、ちっとも役に立ちません。気持ちがわかりすぎたり、似てるせいでかえってわからなかったりで、イライラすることも多い。

男である父親にとっては初めての経験です。「女の子だから」「女の子のくせに」が禁句なのは、言うまでもないと思います。

あらゆる可能性を与えていただきたい。可能性を前にしたときに、自分が進むかどうかは別にして、女であるからという理由で怖じ気づいたり、ためらったり、あきらめたりすることのないようにしていただきたい。それはもう、ちらりとでも、そんなことのないように。

父親が、女という性を持つ娘を全面的に受け止めているか、家庭の中で女がいかに自由か、身を持って、いな身を挺して、アピールしていただきたい。まず、妻への態度、家事のやり方、テレビの見方、社会で起こる事件についての意見、等々、生活のすべてにそれは出てきます。

正念場は、思春期です。娘は、成長痛みたいな思春期のむかつきに翻弄される。こっちは若くなくなって生活全般に疲れてくる。そんな中でガチのぶつかり合いをしなくてはならない。

思春期の若い女は、男という存在、おとこ性というものに対しても、生理的に、そして感情的に、反発してきます。これはもう、父と娘の個人的な関係ではなく、女と男の、種と種の、代理戦争みたいなものなので、不必要に個人的に受けとめてはいけません。代理代理と心で念じて、柳に風で、娘のむかつきを受け流すのが得策です。かといって場から消え去ってしまっては、それ以降、娘の前に居場所が無くなりますから、逃げないでください。

思春期の娘は、母親にとっても面倒な一時期、父親が「ぜんぶ任す」と逃げてしまったら、母親はつらすぎます。だから逃げないで。かなり痛いけど、攻撃されることをおそれないで。

思春期のむかつきで、とくに気をつける点を二、三あげておきますと、まず、ニオイです。体臭は、わたしは隠す必要ないと思うのですが、若い女たちがどう思うかまではわかりません。少なくとも、自分のニオイは若い女とは違うということに気がつくデリケートさが、男の方にあってもいい。それから、うんこやおならのニオイ。こちらも隠しきれないものでありますし、「くさいものだ」と気がつけばそれでいい。

そういうものを、「隠さなければならない」というのが女の文化であり、そういう文化を社会的に押しつけられてきたわけであり、「隠さなくてよい」というのが男の文化で、男はそこにのうのうとしてきたわけです。何もかにもに反抗したくてたまらない思春期の女は、そんなところにも敏感です。

そしてもっと大切なのは、娘の意見を聞くこと。残念なことに、まだまだ未熟な女ですから、たいてい幼稚な意見ですけど、聞くまでもないと思わずに、頭ごなしに否定もせずに、ただ聞く、とにかく聞く。おれは聞いてると思っていても、たいていの人は、とくに父親は、聞いてません。幼児の頃は、まだ耳を傾けることができていても、思春期になると、できなくなることが多いです。こっちだって生きてるんだ、そうそう言いなりになってられるかというそちらの思いもわかりますが、そこをなんとか。

母親としては、自分の舞台(過去数十年、プリマとしておどってきた)を、ちょっとの間、娘に貸してやる感じですか。たいてい、苦悩しながらも自分の舞台でおどりはじめるんですが、ときどきつまずく子がいます。そういう子に母の舞台を貸してやり、プリマのおどりを身につけさせ、そのあいだ自分は魔女役や民族舞踊のキャラクターダンサー役に徹してみる、というか。……すみません、ここの説明、女の子として、バレエ漫画をさんざん読んできたものだけにわかる説明です。この説明を理解するためにも、バレエ漫画は読んでおきましょうね。

・・・・・・・・・

誇りに思う

「『誇りに思う』ってよく聞きますが、これは英語からの直訳?」◉30歳まさしく直訳です。こんな言い方は日本語文化ではしてこなかったのにもかかわらず、最近、よく見かけます。これは、ゆゆしき一大事、わたしたちが違うことばで表現してきた、わたしたちの文化の親子関係を、こんな、ハンバーガーやフライドチキンみたいなことばで表現してもらっては困る、内容まで変質しちゃうじゃないのと思いますが、つらつら考えると、そこに必要性があったということですか。この意味が、日本語ではとうてい表せなかった、日本の文化にはなかった概念、でも気がついてみたら、とてもとても言いたかったことだったということになるのでしょう。外来語と同じです。日本には、卵と粉と砂糖で作ったふわふわのお菓子はなかった、だからカステラと呼ぶしかなかった。肩に掛けるケープのような衣装はなかった、それでカッパと呼ぶことにした。いや、そこまで遡らなくても、コンピュータ、ジェンダー、アイデンティティ、セクシュアリティ、センシビリティ、ダイバーシティ、セクシュアルハラスメント、ドメスティックバイオレンス、ああ、カタカナの外来語でしか言い表せない、ないしは、あえてそれで言い表したいものは、いくらでもあります。

この「誇りに思う(I'm proud of you)」についても、「プラウドオブユーよ」などとカタカナで使ってしまえばかんたんなのに、あえて日本語に直訳した。同じく複数単語の「ロード・オブ・ザ・リング」「ダンス・ウィズ・ウルブズ」なんていうのも通じてるので（しかも英語間違ったまま）そのまま使ってしまえと思わなかったところに、日本語の良心を感じます。そして、そんなにも、この感情を表現したい日本の親の気持ちは、切実だったということです。

「愛してる」というのも、また、英語文化で、親が子に、子が親に、挨拶がわりにささやくことばですが、それはまだ導入されてない。「愛してる」は導入されず、「誇りに思う」は導入された。ここに、日本文化の根底にみゃくみゃくと流れる儒教道徳を感じるのは、わたしだけですか？

………一人っ子

「一人っ子はかわいそうとあちこちで言われます」◉36歳

一人っ子かわいそう説、ちゃんちゃらおかしいです。わたしは一人っ子ですが、とっても満足して生きてきました。というか、生まれてこのかた同胞がいたことがないので、想像もつかないわけで、同胞がほしいともぜんぜん思いませんでした。親との関係は二対一で、凝視されてる感はいつもありました。それをうっとうしいとするか、エネルギーに変えるか、本人次第なんじゃないでしょうか。

弱点は、ケンカ慣れしてないこと。よその一人っ子たちも同じことを言ってます。つまりケンカをおそれて、衝突を回避する穏やかさがある。そしていったん衝突したら、もうそれでこの関係はおしまいと、どこかで覚悟してしまう。同胞のいる人たちは、ケンカ慣れしてますから、しぶとくて、繊細さが足りません。でも人間関係に絶望せず、どこまでも食い下がっていく底力があると思うんです。いずれ親の介護に直面するときも、一人っ子は全部負わなくちゃいけない、でも自分一人で采配できる。同胞がいれば分担できる、でも同胞の思惑が気にかかるという違いがある。……とかなんとか言いながら、わたし本人は、一人産んだらおもしろくてやめられなくなって三人産みました。もっと産みたい人は産んでください。産みたくない人は産まなくてぜんぜんOKという話です。

ケンカ

「八歳と十歳の姉妹。姉妹ゲンカがひどくて手を焼いています」◉40歳ケンカはさせておく。年上も年下もなく、女も男もなく。実はどっちが正しいか正しくないかも、どうでもいいことのような気がします。感情が昂じて暴力に及んだら、止める。あとは静観します。

一人っ子が外で友人とケンカして泣いて帰ってきたら、思いっきり、その子の肩を持ってやることです。甘やかし？　この広い世間で、全面的にその子の肩を持ってやれるのは親だけです。その親が肩を持ってやらないと、その子のいのちの行き場がなくなります。だから、親は全力で肩を持つ。善悪の判断や反省は落ち着いてから。

●●●●●●●●● 漫画

「漫画を読むのを親に禁止されました」◉10歳

親の見てないところで読むといいです。

親の気持ちもわかります。漫画は危険だからです。とくしゅな化学物質が、俗に言う麻薬のようなものがふくまれており、依存症状をひきおこすのです。読みやめられなくなるし、三度の飯より漫画になるし、なにしろ困ったことには、本が読めなくなります。

化学物質の内訳は以下の通り。

絵と音(オノマトペですが)と文字とで、情報量がやたらと多い。文学なんて比べものになりません。そして、少女漫画、少年漫画、若い青年漫画、若くない青年漫画などとターゲットを鋭くしぼりこみ、ターゲットが見たい読みたいと思う欲望を的確に表現する。漫画家が一人で作っていくのではない、社会全体の声を拾いあげながら、読者と共作していくような、漫画の本質。

わたしの子どもの頃は、もう五十年前になりますから、少女漫画をめぐる状況がずいぶん違ってました。その頃の少女漫画に出てくる少女たちは、細くて、金髪で、大きな目をしていました。いくら想像力が豊かでも、そこに自分を重ねるのは、かなりの無理がありました。それで、心ある少女は少年漫画を読んで、そこに出てくる少年に自分をかさねざるをえませんでした。戦闘機乗りの少年とか、サイボーグになって悪と戦う少年とか。それがわたしたちでありました。その少年を遠くでみつめる少女も、またわたしたちでありました。一人一役を演じていたようなものです。つまり、わたしの世代の女たちは、自分のロールモデルに女がいないことに対して、変幻自在に自由であります。

今は、少女漫画に、女の子がロールモデルにしたいような主人公がたくさんいます。女の子たちのためにはいいことに違いありません。でも、これじゃロールモデルたちとの距離がなさすぎて、張り合いがないいんじゃないかしら、と老婆心。

少年漫画の少女たちは、非現実的なわりには生々しいので、こんなのをロールモデルにされちゃ困ると思うこともしばしばあります。

漫画依存症にならないためには、あまり若いうちからなじまない方がいいのはホントです。でも若いうちにこそ溺れないと、将来、漫画という文化に関わりそこねるのもホントです。やはり、それでは、せっかく日本文化に生まれてきたというのに、もったいない。ハマって、溺れて、他のことがなんにもできなくなって、もうだめかというところまで行ってみないと、だめなのかもしれません。SNSもアニメもゲームもみんなそうなのかもしれません。男も酒も文学も、そして漫画も、生きるってそういうことなのかも。

自分に向き合う
若い女

女の装い

「制服ばっかり着てて、おしゃれのしかたがわかりません」◉16歳

おしゃれというのはTPOと言いますけど、それ以前に、目的というものがあるはず。その目的は、人生の諸段階で明確に違います。この世代での目的は、自分をみつけることです。で、お勧めしたいのは、なるったけ奇抜な格好をすること。親がこれこれこういう格好をしてほしいと思う格好は、しない方が得策です。

親には親の、娘についての夢があり、期待があるんですが、どういうわけか、その娘は、現実の娘とは微妙にかけ離れている。どこかで妄想が入り込むようです。ですから、その目を覚まさせてやるためにも、親の好む格好はしない。いやがる格好をする。身近な反抗です。ファッションとは、そんな身近な反抗でできてきました。ずりさがるパンツも、ずりさがるソックスも、茶色い髪も、そうやってできてきて、みんながするようになって、親が見慣れて、反抗

と思わなくなり、やってる意味もなくなって、廃れて消えた。(つづく)

母と娘

「親にたいして昔みたいにすなおになれない」◉14歳

はいはい、そうでなくちゃいけません。(つづく)

月経と女

「月経前症候群でつらくてたまらない。ないほうがいい」◉15歳

排卵の前には子宮内膜が増殖して、排卵した卵子が受精して子宮内膜に落ち着けば妊娠。しなかった場合には子宮内膜の一部が壊死しはじめ、はがれ落ちて、他のもろもろとともに出てくる。これが経血。こういう原理はもうご存じのことと思います。

つまり月経とは、妊娠してないというあかしであります。そして女のからだにとってのピークは、実は排卵であり、月経はその残り物。しかし、なにしろ排卵は、季節の変わり目みたいなアイマイな感じで起こるから、たいていの人は自分で感知できない。それがコトを複雑にします。

かたや月経は、赤くて、はなやかで、よく目立つ。でも、なにしろ排泄物ですから、ケガレとか呼ばれて嫌われる。つまりとってもわかりやすく、わたしたちはそれを「おんな」性の目安にしているわけ。

中学生や高校生だった頃の月経についての実感は、一にも二にも、面倒くさいということに尽きます。毎月、その処理に追われる。部活は休まないといけない（水泳部）。月経前には、重苦しくてしつこくて悪意がこもっているような下腹痛にのたうちまわる。寝てる間に下半身が血染めになる。

でも何よりも、母親から伝授された月経観が、いやなもの、恥ずかしいもの、隠すべきもの、という考え方が、ずうんと暗い影を落としていたのであります。包んで捨てよ、風呂に入るな、外に漏らすな、人に見せるな、母の呪いはこんなところにもかかっていました。今からつらつら考えると、それが、思春期に自分を好きになれなくなっていった理由の一つじゃないかとも思うのです。

面倒でたまらなかったのが、使用済みナプキンの扱い。今どきのナプキンはくるくる丸めて新しいナプキンの袋で包んでテープ(袋についている)でとめて捨てることができますが、昔はそんな作りじゃなかった上に、ナプキン自体も座布団なみに大きくて、使用済みは、体重と湿気で形が崩れていました。ちり紙ないしはトイレットペーパーで包んで捨てるという母の教えはありましたが、なにしろ本体が大きいから、包むのが一苦労。ああ地球上のどこかに、使用済みナプキンはそのまま捨ててOK、あるいは経血は垂れ流しっぱなしでOKという、そういう夢の楽園はないものかと夢想しておりました。(つづく)

片思い

「片思いばっかり。男子のことばかり考えている自分がいや」◉12歳

いずれ、もう少し大きくなったときに、男子と二人、親密で楽しい、ときには苦悩だらけの、ときにはこの上なく幸せな、関係を結ぶことになるでしょう。でも、今はまだそういう関係に

なだれ込む準備ができていないから、片思いで、そのときの練習をしているんです。アイドルとか俳優とか漫画の主人公とか、片思い以前のものにも思いっきりハマっておくのもタメになります。（つづく）

ダイエット

「太ってます。いちばんいいダイエットの方法を教えてください」◉15歳

いちばんいいダイエットというのは、時間のかかるダイエットです。栄養についてよく知り、自分のからだについても知り、自分のからだを憎まず、ちゃんと食べ、よく運動し、世間が、あるいはテレビや映画や漫画やアニメなんかが女に押しつけてくるものにとらわれずに、すっきりと健康な肉体を目指すことです。でないと一生、体重のことを考えて生きていくことになります。それを「体重の呪い」と言います。体重の呪いは、母の呪いと同じくらい怖ろしい。その上、体重の呪いが母の呪いとからみあうとき、それは、摂食障害という、とてもしつこい治りにくい病気になって襲いかかってきます。それは食い止めなければならない。

「自分はなぜやせたいか」。そこから考えてみましょう。

やせたほうがきれいだから。やせたほうが服が似合うから。当然です。わたしだってそう思ってます。でもその似合う服は、誰が考えた？　世間が考えた。それが似合う女がかわいい、きれいだ、すてきだという考え方も、世間が作った。世間の作りあげた価値観にうまうまとのっかって、この自分を否定する。いいのか、自分？

いいダイエットとは、まず、食べ物を憎まないこと。なんでも食べられるし、食べられないものはないと心して。

それから、カロリー計算をしないこと。カロリーの計算をし始めると、数字に溺れて自分が見えなくなります。

それから、体重を量らないこと。そもそもダイエットしたい人は、瞬間最低体重を自分の体重として記憶している人が多すぎます。

それから、栄養についてよく知ること。炭水化物とかたんぱく質とかビタミンとかカルシウムとか、栄養の仕組みを理解し、人体には何が必要かをちゃんとわかっておく。でも、カロリーの計算はしないこと。ここでまた数字に溺れて周囲が見えなくなる。カロリー計算は、そこに陥る危険性がともなう。

悲しいことですが、砂糖と脂肪は控えめに。でも、食べていい。食べ過ぎなければいい。満腹にならない。飽食しない。でもぜったいに飢えちゃいけない。

思い起こせば、若かりし頃、ダイエットをやりすぎて、あげくに摂食障害になって苦しんでいた頃、わたしは食べ物を憎んでいました。憎いから、食べない。食べたくない。でも、そのうち飢える。飢えて、頭は食べたくないと思っているのに、からだが食べずにはいられなくなる。そうして食べる。食べて、食べた自分を憎んで、食べ物も憎んで……のくり返しでした。わたしは現代社会に生きていて、親もいて、大学にも通って、漫画も読んでという普通の生活をしていたはずなのに、戦争や飢饉のときの飢えた人たちみたいに、飢えて、荒んで、怯えて、憎しみに充ち満ちていましたっけ。どうか、ああは、ならないように。

それから、ダイエットに効果的なのは、食べたものを書きとめること。書きとめることで、自分自身を見つめていける。すると、自分の食べ方も、その変化も、考え方の変化もわかってくる。

つまり、目的は「自分」です。

これが、わたしが勧めるダイエット。はっきり言って、ろくにやせません。若い頃は、ちょっと食べたり食べなかったりするだけで、かんたんに体重が増減しますから、もっと別に、すぐやせる方法はある。ある意味、「健康じゃなくてもいい、リスクがあってもいいから、やせたい」という魔の声を聞き入れなければ、ほんとにやせるダイエットはできないんです。その声をもう聞き入れてしまっているのなら、いっそ毒食らわば皿までの心意気で、摂食障害のうずまきに呑み込まれ、出られなくなり、苦しみ抜き、その結果、人生の真実に行き着くこともできるかもしれません。そうですよ、どんな経験も、生きる道のりで、無駄にはなりません。でも、経験者としては、その苦しみを知らずに行く道の方がずっといいのだと、かけ声みたいに言い続けていくしかないのであります。

足が太い

「大根足と言われました」◉13歳

「大根足」というのは、女の足を形容する常套句で、個人的な感想はあまり含まれていないものです。「おまえのかあちゃんでべそ」が、実際に相手の母親が出べそかどうか、リサーチした上で言われるわけじゃないのと同じことです。

わたしは小学校高学年のある日、男子にそれを言われました。ま、よくあることでした。太いのは事実だったので、あまり気にしてなかったのですが、その日は、ふと考えたのでありました。何も考えずに大根を食べてきたし、足もずっと持ちつづけてきた、そして「大根足」とさんざん言われてきた。いったい大根と足とは、どのように似ているものなのか。それで、学校からの帰り道、わざわざ八百屋に立ち寄って、店先の大根と自分の足を比べてみました。わかった結果は驚くべきものでした。わたしのぱんぱんに張りつめた足は、太さにおいては、大根のどれ一本としてかなうものはなく、大根と同じくらいの足を女の子が持っているなら、それは「細い足」と呼ばれるべきであるという事実。

そのとき考えたのは、人のことばとはなんといい加減なものかということ。これは観察から言われたことばではなく、常套句(当時はそんなことばは知らなかったのですが)と思い込みの凝りかたまったものであるということ。こんなてきとうなことばで、いちいち傷ついていられるかと、わたしははっきりと認識しました。その後も「大根足」と言われるたびに、心の中で、「こいつら語彙が貧弱、あたしの足は大根よりずっと太い」とせせら笑っておりました。

体臭

「体臭がきつい方です。すごく気になる」◉16歳

その体臭、好きになれませんか？

わたしも体臭がきつい方です。小学生のとき、いっしょに寝ていた父方の祖母に、あんたは、お父さんと同じで、わきががあるから、大きくなったら気をつけなさいと言われました。それで、それ以後、気をつけています。観察の結果、いちばんニオイがきつくなるのは脇の下、でも毛を剃るとマシ、制汗剤でとてもマシということもわかりました。しかしよくよく自分のニオイをかいでみると、何かをひきつけようとしているニオイのような気がしてしかたがない。ちょっと方向性が違うだけで、花のニオイと、本質は変わらないんじゃないかと思えてきました。やがて、わきがと耳垢の関係を知りました。つまり、わきがのある人は耳垢が飴状で、耳垢が飴状ならその人にはわきががあり、縄文人の末裔に多く、遺伝で伝わっていくのだということ。それを知ったときに、ああ、あのとき、父の母は、父からわたしにつながったニオイを、息子の娘にかぎ取ったのだと思ったわけです。

そんなふうに自分のニオイについて考えを深めていくうちに、すっかり自分のニオイが好きになりました。わたしは、社会の中で生きてるおとなですから、とりあえずこの社会では、わきががあまり好まれないのは知っています。だから人前に出ていくときには制汗剤で隠しますけど、あとはそのまま生きています。ときどきふとニオイをかぐと、ああ、自分だ自分だと思っているのです。

性教育

「高校生の娘に性のことを教えたい。何から教えれば」◉44歳

高校生では遅すぎる。もっと前、思春期に入りかけた頃、月経が始まる前から、家庭の中で、正々堂々、あっけらかんと、月経について話題にしなければ。そして子どもに、親はこの話題を避けてないと感じ取らせる。信頼できるし、何でも話せるとわからせる。

中心になる考え方は「あたしはあたし」。そして性教育の究極は、かなりあやうく聞こえますが、「何でもあり」です。

子が、どんなセクシュアリティをアイデンティティとしても、うむ、わかりにくいので言い直します。自分が性的にこういうのが好きだということ、それがたとえ、世間一般ではなじみのないかたちのセックスや性的な興味であっても、「それがあたしだ」と子どもが言い出したら、親は「あなたはあなただ」と、それを受け入れる。

それからもちろん、コンドーム。防ぎたいのは、性感染症と、したくもないときにしてしまう妊娠です。

セックスは、しないではいられません。十代の女の子は（実は二十代も三十代でさえも）、性欲というより、自分を確認するために、親から逃げるために、生きのびるために、やむにやまれず、セックスという手段をとることがある。それはもう、多々ある。親の目には、他に手段はあるとわかっていても、子どもにはわからないから、むやみにつき進む。

それを頭ごなしに否定してはいけない。否定からは、何も生まれない。しかしまた、わたしはこうも思います。……親は、親の意見を、子を思う心から生まれてくるさまざまな意見を、言い散らすことをやめてはいけない。言い散らすことで、子どもが反発しても、やめてはいけない。それが親の親らしさなんですから。

性教育とは、「あたしはあたし」という考え方とコンドームを、武器として持たせて、人生の戦いに送り出すようなものです。生きて帰ってこいと祈りをこめて。

ペニスとヴァギナ

「知りたくてたまりません。どうしてこんなに興味があるのか」◉12歳

「知りたい」。すごくいいことです。よく見ましょう。調べて、よく知りましょう。見ないから、知らないままです。知らないままだから、なんにも見えてこないのです。見ましょう。それから始まります。

自分

「『あたしはあたし』、考えたことなかったからわからない。どうやったら身につきますか」◉15歳

毎朝起きたとき、「今日は何食べたいかなあ」と考える。そしてその日はかならずそれを食べる。それをくり返していくうちに、何を食べたいか、つまり自分の意思について考えることになり、ハッキリとわかるようになり、「あたしはあたし」ができるようになるのです。

これは昔、友人の料理研究家枝元なほみに教えてもらったやり方です。かんたんだし、つづけやすいので、ぜひ。（つづく）

●●●●●●●●●

思春期

「娘が何にでもつっかかってきます。扱いにくくてたまりません」◉40歳

子どもは、この時期、むやみに反抗的です。反抗しているのはたしかにその子ですが、何かにあやつられているようでもある。荒ぶる魂に取り憑かれたようである。数か月、あるいは数年間経つと、すうっとその荒ぶる憑き物が落ちていく。そしてそこに、前にいた純真な子ではない、一段階おとなに近づいた子が、すっくと立っているのであります。

わたしも最初のときこそ驚いたのですが、二人目、三人目となりますと、この年頃のひとつ

の型のように見えてくるようになった……というのは、過ぎたから言えることです。実際は途方に暮れてました。こっちを攻撃してきますから、攻撃されれば、身構え(防御)言い返す(反撃)のは、生き物として当然です。

長女はわたしに向けて怒りを爆発させ、次女は内に向かって、フリーズしてしまったようにも自分を攻撃してるようにも見えました。末っ子はおだやかに、しかし着実に、自分を含めてすべてのものにむかついているのが見てとれました。三者三様でした。

手の打ちようがないというのが本音です。それでも、荒ぶる子、苦しんで悶える子に向かい合い、子の見ているものを見ようと努め(なかなかできない)、話をきいてやろうとする(なかなかできない)。ただ聞くだけ(とてもむずかしい。親はカウンセラーじゃないので)。それだけでもずいぶん助けになります。

「息子があんまり感じ悪いのでつい叱ってケンカになり、毎日が悲惨です」◉46歳

思春期は、どう食べて寝るかどう遊ぶかを教えた幼児期より一歩進んで、人としてどう生きるかという高度なことを教える時期。母として、今まで教えてきたとおり、気に入らないこと

にははっきり文句を言い、ケンカする。これこそ思春期の人たちの（無意識に）望んでいることだし、親の取るべき態度です。

子どもとぶつかるのをおそれず、でもケンカやむかつきはひきずらず、前夜派手にやりあっても、翌朝は後腐れなく接することを心がける。こんな努力、子にはできなくとも親にはできるんです。どんなに怒っても（不愉快で気まずいですが）ＯＫです。むかついたら怒れる、家族にたいしては裏表なく感情を出せるというのは、とっても大切な、生きていく技術です。親と子というより、人と人という立場に立って、納得できることは受け入れるという柔軟さも必要です。ある程度のことは勝手にさせる、信じてやるという勇気も必要です。そのためには、子の言い分に耳をかたむけるという態度と習慣を作っていく（で、むかついたら遠慮なく怒る）。

「中学生の子と最近、仲良くできません。夫は見て見ぬふりです」◉38歳

夫はしばらく役にも立たないと見ていいでしょう。ふだん子育てに関わっている男でさえ、娘の思春期には役に立たなくなることがある。関わるつもりのない男はなおさらです。思春期という、こんな大切な時期を見のがしてもったいないと思うんですが。それでも、夫の活用法

はあります。思春期の人たちは、両親といがみ合うのではなく、一人の親と険悪になり、もう一人の親とはまああ穏やかという態度を取ることが多い。シーソーのようなものです。つまり、父親を人身御供にして、母と子の関係を穏やかに保つ。むかつきのホコ先が夫に向かったら、子どもの態度や主張を批判せず、そのまま傍観してみてください。

●●●●●●●●●●●●

群れる

◉13歳

「クラスのみんながグループに分かれてて、すごくきゅうくつ。でも無視できないし」

人は群れます。群れてない人も、群れてないと自覚するってことは、群れの動物だからです。中学生の頃の群れとは、小学生の頃のような、何も疑わない群れではありません。なんだかすべてが疑心暗鬼、すべてが不安定、群れるそばから、違う、こんなふうに群れるのはわたしの本意じゃないと思っているような。群れの中には、人を傷つける残酷さと無神経さがはびこっていきます。一人一人はどんどん繊細になっていく時期なのに不思議なことです。同級生はだれもが下心なく楽しそうに群れていると思ってましたが、ほんとはみんな、わたしと同じような違和感を持ってたのだと、おとなの女になってから知りました。

仲間はずれ

「クラスにいじわるな子がいて、わたしを無視します。みんながいいなりです」◉13歳

鈍感になればいいんですと言いたいのですが、無視されると悩む人は、すでにとても繊細で敏感な人です。鈍感になってしまったら、自分じゃなくなってしまうでしょう。わたしは鈍感だったので、同じ目に遭ったとき、取った手段は「気にしない」「近づかない」でした。

何にかかわらず、人と人との関係には「相手を変えるより自分を変える方がかんたん」という原則がある。ヨメとシュウトメの関係も。思春期の母と娘の関係も。ダレた夫婦の関係も、また然り。

成熟

「おとなの女になる？　ぞっとします」◉13歳

おっぱいがふくらみ、おしりが広がり、もったりしてくる。女の服を着て、女の靴を履き、化粧をして、男に媚びる。たまに妊娠しておなかを大きくして歩きまわる。成熟するというのはおぞましいことだ。三十くらいまではそう思っていましたが、否も応もなく、自分のからだも成熟していきまして、必死で生きてるうちに、気がついたら、もう育つの大きくなるの成熟するのと言わないで、老いる、というのだということに気がつきました。それもまた成熟のひとつのかたち。

子どもを見つめる

「娘が学校に行かなくなりました。どうしていいかわかりません」◉42歳一人一人対策は違うはず、でもわたしからの助言は、親が、まず子どもを見つめることです。見てるつもりでも見てないことがよくあります。親たちを見ていると、ほんとにそう思うんです。見てない。見たくないから、見てるつもりで目をそむけている。目をそむけちゃいけません。思春期のうちはまだ動かせます。子どもは、こっちを頼っているし、子ども本人もどうしていいかわからなくて、不安にもみくちゃになっている。親に助けてもらいたいんです。親が動けば、子も動きます。多少の反抗は当然です。反抗されれば、親も人間、傷つきますが、傷つくのをおそれちゃいけません。

長女が十三歳の頃です。ストレスとうつと怒りと摂食障害で荒れ果てていました。わたしは毎晩彼女のベッドに入って、話を聞きました。昼間は仕事や他の子たちのことや家事雑事で何もできなかったので、寝る前だけ、小さなシングルベッドの中で、からだを寄せ合って。普通ならそんなことは言い出すのも恥ずかしいんですが、そのときは子ども自身が助けを求めていたんだと思います。すんなりと受け入れました。わたしは聞きっぱなしで、何も言わないことにしてました。ただ相槌を打つだけ。子どもはとつとつと、身の回りのこと、今日あったことなどからはじめて、自分の話を語りました。わたしはただ聞いていました。

次女は中学校のとき、不登校になりました。でも学校には毎日連れていき、カウンセラー室で一日過ごさせました。子どもがそれに慣れた頃、別の先生の部屋に場所を替えました。慣れて固まってしまわないように、場所や相手を動かした。カリフォルニアの先生たちはよくサポートしてくれました。家では、いろんな仕事を与えて責任を持たせ、ほめました。犬の世話から、わたしの仕事の手伝いまでいろいろと。叱りつけたりどついたりも適宜(母も心配している、感情的になるということを知らせたかった)。そして、子どもを見つめながら、状況を見て、有無を言わさず動かしました。子どもはついてきました。

思春期というのは、そういう時期です。揺れていて流動的。でも子どもはこっちを親として慕って頼っている。反抗して、わけわかんなくなっていますが、親を頼りにして、親に助けてもらいたい。そしてそのとき、うちの子どもたちには、わたししかいなかったんです(実の父親は遠くにいて、継父は役に立ちませんでした)。

全部が全部このやり方で解決するとはけっして思いません。でも試してみる価値はあると思うんです。

たたかう女①

性と女

⋯⋯⋯

女の装い

「魅力的な服装というのは」◉26歳

更年期になってくると、おしゃれは女同士の目を気にしてするようになってくるんですが、性的に活発な時期のおしゃれは、やっぱり性的な魅力をアピールするというのが目標でしょう。でもその方法は、文化によってずいぶん違う。

アメリカのそれが「あたしはセックスできるんです、したいんです、大好きです」を強調しているとしたら、日本のそれは、「あたしは幼くてあどけないから、セックスは考えてませんが、誘われれば考えないでもない、実はセックス好きかもしれない」というあたりを強調し、ついでに「あたしは取り柄がなくて、おっちょこちょいで、無力で非力なんです」という、ラブコメ漫画かアニメの主人公みたいな存在感を強調してるように思えるんです。少なくともファッションを見るかぎり。男がほんとにそういうのを求めているのか、女がそういうイメージで生きていきたいのか、わたしにはよくわかっていません。

わたしは若い頃、実は今もですが、ブラジャーが嫌いでノーブラでした。そして化粧も嫌いだったのですっぴんでした。それに男物のシャツにジーンズという格好で、男を一人射止めました。男によると、透けて見えた乳首にグラリと来たそうです。野趣のあふれる、飾りっ気のない女を手なずけて、猛獣使いになったような気がしたそうです。（つづく）

母と娘

「母の保守的なセックス観に困っています、うんざりです」◉31歳

対立して当然、たいていの母は、自分のわかるところに、小さな娘を置いておきたいのです。母にとって、性的に活発になりはじめた頃の娘は、正しくなくて、あぶなっかしくて、道を選ぶときはいつも悪い方を選択しているようで、受け入れられないのです。

母の意見は無視するべきです。わたしの母なんて、目の前で娘がどんどん成長していくのにもかかわらず、娘の性行為をいちいち見抜いていたにもかかわらず、性行為も女であるという

ことも、汚い、いやだと否定しつづけていました。でもそんな母の目を、いつも背中に感じていました。だからといって、歩みを止めることはなかったんですが。(つづく)

月経と女

「月経とはなんでしょう?」◉17歳

面倒だ、ああ面倒だ、面倒だと思いながら、毎月ともに過ごすことにすっかり慣れた月経であります。このままずっと共存していくかと思いきや、心身の揺れをすぐ表現するのが月経、目や口なんかより、よっぽど正直で、わたし自身に親身に寄り添い、表情豊かであることに気づくのでありました。

つまり。どんなに安定していた月経も、摂食障害がはじまって体重が減るや、ぴたりと止まる。妊娠したときも、ぴたりと止まる。

セックスなしで生きていた頃は、「月経、面倒だ」だけで、「来い来い来てほしい」とはこれっぽっちも思ってませんでした。セックスをし始めてからというもの、ちょっとでも遅れると、

「来い来い早く来い」と請い願わずにはいられない。月経をめぐって、後悔に悶え苦しむのであります。

男とセックスさえしなければ、男が精子をそそぎ込みさえしなければ、自分が男に対して、あんなに無思慮で無防備でなければ……。その悶々と絶望の日々、そこからまた立ち上がった日々、ともに悩もうとしてくれた男もいたはずだし、不人情極まりなかった男もいたはずなんですが、不思議なことに、今となっては、男の言動は何ひとつ覚えていないのです。月経にふたたび再会したときの安堵の気持ちだけは、ありありと覚えているのであります。

必死で生きてきました、若い日々、生き抜くために、生き延びるために、攻め寄せる敵を、膣で、ばったばったと斬り倒しながら、血まみれで生きてきました。すべてその結果であります。絶望しました。でも日はまた昇りました。（つづく）

●●●●●●●●●●●●

セックスと女

「彼のセックスが下手、でも下手といえないし」◉30歳

「セックスが合わないなんてことがあるのか」◉49歳

残念ながら、あります。もうそのときはパートナーを換えるしか手はありません。しかしながら、セックスしたくてたまらない欲望があり、しかも楽しくできるのはせいぜい二十年か三十年。一人のパートナーを一生大切に守っていくとなると、その倍の時間を相手とすごす。ならばセックスはただの一要素で、より大切なのは心の相性ではあるまいか。しかしまた、セックスが楽しくできるのはこの二十年、長くて三十年、性のある生物として、それをみすみす棒に振るか。……うむ。考え方しだいです。（つづく）

………

処女・初体験

「未体験です。処女喪失、どんな感じなのか知りたい」◉36歳

詩人のはじめての詩集を「処女詩集」と言います。わたしは、はじめての詩集を出したとき、何があってもそんな気持ちの悪いことばは使うまいと心に決めて、「第一詩集」で通しました。処女地、処女膜、処女航海。処女とは、聖所に処る女、家に処る女、まだセックスを経験し

てない女という意味です。それにあてる読み方は、むすめ、きむすめ、おとめ。英語のvirginは男のセックス未経験者にも使います。

わたしの経験を言えば、はじめてのセックスに快感はまったくなく、違和感ばかりでした。痛くてそれどころではなかったというのが実感です。はじめて見るペニスには、仰天しました。でも引き返せないと覚悟しました。性的な快感は感じなくても、好きな男と親密に抱き合ってこんなことしているというのは、とても快感でした。自分の力が相手に及び、相手の力が自分に及んだという揺さぶられ感もありました。

ただ、やはり若い女は知恵が足りない。無防備に始めてしまったのでありました。相手が手慣れた男で、コンドームを常備していたのでよかったのですが、そこまで思い至らなかった自分をちょっぴり恥じました(でも、まだ、すぐコンドームを買いに走らなくちゃという危機感はなかった)。当時は性感染症に対する意識がまだまだ低く、儒教的な意識は今よりもずっと強く、このわたしにしてからが、女の子がセックスする前にコンドームのことを考えるのは、恥ずかしい、はしたない、と思っていたんですから、いや呆れるばかり。

恋愛

「はじめて人を好きになりました。どうなるか不安です」◉34歳

恋愛には、まず「あたしはあたし」というのが、すごく大切です。「あたしはあたし」ができるようになったら、次は、「あなたはあなた」を努力する。これができれば、相手のことを尊重しつつ受け入れられる。それができていながら(あるいは、まだできていないのに)、熱に浮かれて、「あたしはあなた」と勘違いするのが恋愛です。

とここまでは正論の理想論なんですが。これですめば恋愛じゃない。冷静でいられないのが恋愛です。熱病のようなものに襲いかかられて、もみくちゃになり、手と手をつないでジェットコースターにのってるような、めくるめく感があり、「あたし」と「あなた」が融合して一つに溶けちゃったような、「あたしはあなたで、あなたはあたし」だからこそ、今までになかった世界が目の前にひらける、というか。それでこそ、恋愛はおもしろいし、やめられないし、癖になる。

ことばで説明しますと、異質な他人なのに、わかりあえる喜び。ここにもう一人、すっごく

異質な他人なのに、わたしのような存在がいたという喜び。むやみに逢いたくて、走って逢いに行き、逢えればうれしくて、抱きしめ合って時間をすごした。でも逢えないと、自分がちりちりと焼かれて焦げていくようで、それはそれは苦しかった。

しかしながら、よくよく考えつめると、恋愛なんて、相手を思いのままに動かせるという自分の力を感じたいだけ。蹂躙したい、とまでは言いませんが、支配したい、にとても近い。どんな穏やかな恋人たちだって、しょせんは、あたしは強いから相手に力を及ぼしている、おれは強いから相手に力を及ぼしているという喜びが、「自分が好き」という感情のまわりをぐるぐるまわっているだけなんじゃないですか(ため息)。

ああ、わかりません。

性のことも、からだのことも、書いてきましたが、恋愛については、五十近くなるまで書けなかったような気がします。五十になったら、「人は人」がわかりました。そしたらすうっと執着が、消えてなくなりはしませんが、薄まって落ち着いていったようです。ホルモン量と関係があるのかもしれません。もうめったなことでは新規な恋愛もしなくなりました。しかし若い女たちは、こんな年まで待ってはいられないでしょうから、異性を引き寄せる力のあるうちに、喜びも苦しみも、清濁合わせごくごく飲むつもりで、恋愛に向かい合うしかありません。

もう一つ言っておきたいことがありました。一つきりの恋愛なんて存在しません。これが唯一、真実の愛と思っても、それはときに壊れる、あるいは無くす。でも時が経てば、また一つ、別の真実の愛にめぐり逢います。少なくともそれはおおいに可能です。（つづく）

コンドーム

「避妊の極意は？」◉21歳

確実なのはピルです。婦人科で処方してもらいます。ただ、問題は、女側の努力ですべて済んでしまうこと。男側の意識もかき立てて、処方箋いらずで、すぐ買えて、安上がりなのは、コンドームです。そして何より、性感染症対策にも効き目がある。

ふと、あるとき八〇年代生まれの若い女と話していて、コンドーム必携という話になり、今どきの女の意識の高いのに驚いて、九〇年代生まれの若い女にも聞きましたら、「生《なま》でエッチする人たちはいると思いますが、そういう人たちはかなり白い目で見られます。それくらい生は異常。性の認識が低いと思われて」と言われて、さらに意識が進んでいるのに驚きつつ、自分はろくに使わなかったことを思い出して、自分だけだったかどうか、同世代の友人たちに聞いてみました。今、六十前後の女たちです。なんとも情けないことですが、みんなろくに使っておらず、その理由は「若い頃は、性感染症というのは梅毒か、クラミジア、淋病、カンジダくらいだった。コンドームは避妊のための手段だった」というのにまとまります。「自分が付き合うような相手は『ちゃんとした人たち』だから、そんな心配はない、みたいに思い込んでいた」という反省のことばも返ってきました。

自傷行為

「妹がリストカットしています。どうしたらいいですか」◉17歳

自傷行為とは、自分を傷つける行為のことなんですが、傷つけて痛いのに何がしかの快感もあり、痛み(ないしは快感)を感じることで、ストレスが一瞬減るという効果もありまして、くり返しやってしまう、そういう行為です。「つめかみ」「各種の毛抜き」「リストカット」「摂食障害」……みんな自傷行為です。わたしは、若い女の「性行為」なんてその最たるものと考え

ています。ペニスを入れることでからだを傷つけてるわけですよ。したくなくても、自傷行為だから、ついやっちゃう。すると快感がないわけでもなく、しかし男を意のままにした、あるいはされたという快感も、揺さぶられ感もすごいから、ついくり返す。そういう意味では、これもまた依存です。

そして「性行為」が自傷行為と言えるのなら、「飲酒」「喫煙」「ドラッグ」も、もちろんそうですね。それなら、「化粧する」「おしゃれする」もそうです。「化粧しない」も「おしゃれしない」も「学校に行かない」もそうです。「清潔にする」もそうだと思います。

こうやっていろんなことを考えてみると、なんとわたしたちは、自分を傷つけながら、生きていることとか。傷つけることが、すなわち生きることとなんではあるまいか。

リストカットは、その中でも劇場的な効果がすばらしい。血の赤さはもうそれだけで、華やかで猛々しくて自己愛にまみれていて、ため息が出るほど美しい。へたすると自殺か、どんどんエスカレートしてぐさりと切ったらどうするかと、周囲ははらはらします。むずかしいところです。専門家に聞いたり調べたりしてみましたが、まあたいていは自殺にはつながらないということです。で、たまにつながることもある、と。どうすりゃいいんだと泣きたくなりますが、わたしの個人的な体験では、自分がやっていたときも、放っておかれて何の問題もなかったです。友人がやってたときも、娘がやってたときも、放っておきました。姉妹という関係では、妹を放っておくしかないでしょう。

しかしながら、娘のときは、放っておきながらこう考えました。自傷行為の表面にあらわれているのは、ただの行為である。行為だけを問題にして、やめろやめないと騒ぎ立てるより、その子に向かい合って、目を見開いてよく見よう、と。もどかしかったし苦しかったです。ほんとはそんなもの、見たくなかったです。でも見ないと、かえってわからなくなって、自分の価値観で判断してしまって、否定してしまう、目をそむけてしまう、心配もしてしまう。ほんとは何が言いたくて、何がしたくて、どこへ行こうとしているのか、よく見つめたらわかってくるのではないか。わかることができればいいと祈りました。

摂食障害

「摂食障害について教えてください」◉15歳（本人）、45歳（母親）

セックスのようなものです。もとい、自傷行為のようなものです。前に話した体重の呪い。

それに親の呪いがかかってくると、摂食障害になることが多いようです。

以下はわたしの経験です。最初は自分の身に何が起こっているのかわからなかったんです。ただ痩せたいと思っていたわけです。ところが痩せるために食べないでいるうちに、からだ中が飢餓感に襲われて、コントロールできなくなった。

依存症というのは、何に対する依存症でも同じサイクルをくり返すのですが、まず、すごい執着がある。食べたときの快感を覚えている。それをもう一度味わいたくて、そのことばかり考えている。ちりちり焦げるような渇望です。自分を制御しようとしているんですが、とうとうできなくなって解き放つ。で、行為に及ぶ。かぶりついたその瞬間の爽快感、ものすごい刺激です。全身がとろけるような。これを味わいたかったわけですが、行為に及んだとたん、またやってしまった、自分は最低だと絶望する。でもまたすぐに、あの刺激が欲しくなる。渇望する……これのくり返し。

ある意味、仏教の方で言う「輪廻」みたいな感じ。生き死にをくり返す輪廻の中で、依存症者は、食べ吐き行為を小さい生き死にみたいにくり返している。そう思えば、人に嫌われる依存症者ですけれども、なんとヒトの本質的な生き方だろうと思えるのです。

あの頃、まるで自分が生きてる民話か神話みたいでした。自分のからだが骨と皮になっていくんです。どこまで痩せるのかわからない。痩せても痩せてもまだ痩せたい。がりがりの、骸骨みたいなアバラや腰骨を、これでいいと思いながら、夜な夜な鏡でながめていました。理想は、乳房もお尻もない、男のようなからだかもしれないと考えました。でもべつにペニスがほしいわけじゃない。なりたいのは死骸かもしれないと考えました。つまり、しらゆきひめが死んで横たわっていると王子様が来て、おおなんと美しいと言ってキスします。あの状態になりたいのかもしれないと考えました。おお美しいと言われる自分。キスされる自分。でも死骸なので王子さまは手も足も出せない。つまり、これは緩い意味での自殺かもしれないと。ついでに、どんどん体重を減らしていって、体重だけでも子どもの頃に戻りたいのかもしれないと。いや、それならそのうち子どもの頃の体重も通りこして、もっともっと軽くなり、生まれる前にさかのぼって消えてなくなりたいのかもしれないと。……いろいろ考えて、そんなところに行き着きました。

理論はともかくとして。やってる本人は、飢えきっています。ほんとはものすごく食べたいわけです。頭の中は食べることばっかりです。それを考えると、あるいは、死にたいんじゃなくて生きたいのかもしれないなと思い当たりました。痩せたい消えたい死骸になりたいと考えていたその頭で、生きたい生きたいと、毎日確認していたようなものでありました。

摂食障害になる原因は、いろいろ言われています。母への反抗、成熟の拒否……。自分でも後になって考えてみれば、たしかに母への反抗もあった、成熟の拒否もあった。でもやってる本人がやってる最中に実感していたのは、この「痩せたい消えたい死骸になりたい」つまり「生きたい」ということだけでした。

人間は食べずに生きられません。摂食障害の患者が食べ物のことを考えるのは、痔の患者が排便について思い煩うのと同じです。

だからわたしはここで二つのことを提案します。

健康オタクになって、栄養についてよく知り、何を食べ、何を食べないでいれば「健康」に生きられるかを考えることに依存すること。それで食べ方が少々狭量になってもいいかと思います。最近よくみかけるなんとかフリーの除去食なんていうのも、摂食障害の人たちには効果的です。除く手間がかかる。わざわざ手間をかけて食べ物のことを考える。食べ物の調達にお金や手間がかかるのは、それはお百度参りのようなもの、手間ひまがかかればかかるほど、効果があるような気がします。

つぎに、自分のからだをよくみつめ、受け入れるべきものは潔く受け入れることです。そのためにはフェミニズムが役に立ちます。なぜわたしたちは、痩せていたほうがいいというイメージをこんなに強迫的に持っているのか。それについて、フェミニズムの方から読み解いていけば、かならず、メディアや男の目の陰謀にむかっ腹が立ち、「あたしはあたしよ」という結論を導けるはず。

その上で、わたしは思うんです。むしろ依存を、わるいことだいやなことだと決めつけず、自分の性格である、体質であると受け入れて、一生をともに生きていくという覚悟があるといい、と。

わたしは、摂食障害になったこと、苦しんだことは、後悔していません。食べ物のことを考えるしかなかったあの日々は充実してました。苦しかったけど、もしかしたら、楽しかったのかもしれません。いろんなことも考えました。自分について。自分のからだについて。女について。食べ物について。ストレスは多いのに、食べる生きるが希薄になってしまった今どきです。摂食障害を経験したことで、生きてるリアルがぐっと感じられた、と思っています。

●●●●●●●●●

遠距離恋愛

「わたしの就職と彼の留年で、離れて暮らすことになりました」◉22歳恋が終わるのは関係そのものの問題であり、離れていることは、その遠因にはなっても、直接の原因にはならないものです。その上で遠距離恋愛のひけつを伝授しますと、まずマメであること。メール、電話、各種のSNSをフルに使ってマメに連絡すること。マメに出かけて行ってマメに会うこと。そういうことをおっくうがる人や出費をもったいながる人にはできないから、あきらめたほうがいい。

しかしそもそも、歩く速度が人によって違うように、マメの概念は人によって違うので、マメな方がつねに待ち、メールや電話やSNSという手段がマメな方を追いつめて、依存症みたいな苦しみに追い落とす。

それを避けるためには、信じることです。相手を信じる。相手の心を信じる。相手の性欲がこっちが思うほどたけだけしくないことを信じる(離れ離れでも我慢できる、と)。自分たちの将来も信じる。ただ、信じることです。宗教みたいなものです。

未練

「別れなくてはいけないのにずるずるとひきずっています」◉43歳

ひきずっていいと思うんです。ひきずらなくちゃいけないから、ひきずりたいから、ひきずるんです。ひきずらなくても生きていけるようになったときには、切れるでしょう。（つづく）

嫉妬

「夫が浮気してるみたいです。嫉妬にもだえています」◉27歳

嫉妬の本質は、自分との戦いです。

そして恋愛の本質は「あたしは強い（だからこの男に影響力を持つ）」と確認したときの喜び。一人でも多く自分の子孫を残したい、そのためには人より強くありたいという欲望が、本能のどこかにひそんでいる。そして結婚とは、「あたしは強い」を社会的にきっちりと告知したも

の。つまり家庭は自分のテリトリー。その中で、安心して「あたしは強い」と思いこんでいられる。

そこに他人が入ってくれれば、いやですよ。当然です。だから、戦う。生き物として、ごくふつうの感情であり、行動です。

つまり嫉妬とは、自分の強さに疑いを持ったときの不安。自分の力がままならなくなったときの怒り。

自分の方が強ければ、嫉妬しません。相手の方が強そうだと、自信がなくなる。自信がなくなったときに、嫉妬を感じる。嫉妬に、心細くて、自分というものが消えてしまうような寂しさがついてまわるのは、そういうわけです。そう考えたら、自分の嫉妬もしかたのないことだと受け入れられるのではないでしょうか。受け入れられたら、気楽に気軽に嫉妬できるようになって、嫉妬する感情そのものも、気楽に気軽になるのではないでしょうか。(つづく)

一対一

「一対一じゃなくちゃだめですか」◉24歳

一対一であるべき、というのは、瞬間的な熱情をえんえんとつづけていなければならないということ。あまりの不自由さに、異をとなえたこともあるのです。あさはかでした。一対一の落ち着きを過小評価してました。くり返しますが、恋愛の本質は「あたしは強い」です。一対一でないと落ち着かないのは、「すきかきらいか」というより、「あたしは強いかどうか」の問題です。

売春

「エンコー(援助交際)したことを彼に言えない」◉21歳

自傷行為のようなエンコーだったんですね。彼には言わなくていいんです。たとえどんなに大切な人にだって、言わなくてもいいことは、人生たくさんあります。今はバカなことと思えても、そのときはやらずにいられなかったんですから、後ろめたく思うことはない。彼に向かい合ってる今、やってないんだから、それでいいんです。

・・・・・・・・・・・・・・・・・・

LGBT（レズビアン・ゲイ・バイセクシュアル・トランスジェンダー）

「友人がレズビアンだとカミングアウトしました。どう接したらいいものか、とまどっています」◉24歳

「女性でいつづけるのが苦しいです。ずっと耐えてきましたが、就職まではムリです」

◉20歳

根本は、性教育の項でお話ししたとおり。「あたしはあたし」、つまり「あなたはあなた」、そして「人は人」、究極は「何でもあり」です。友人の「あたしはあたし」を受け止めることで「何でもあり」まで一気にたどり着くことができますよ。

友人のカミングアウトで感じる居心地の悪さは、同性の心安さがあったはずなのに、違う目で（つまり性的な好意の対象として）見られるのか見られていたのかというところにあると思います。でも、異性愛の女だって、男の友人知人全員を好きになったりセックスしたりするわけではなく、友人の性格や話し方、考え方など、友人として大切な部分は、カミングアウト前も

カミングアウト後も、何も変わりません。だから、そこは友人を信じて。とりあえず、大切なことを話してくれた友人に、よく話してくれた、味方になるね、と答えられればいいと思います。

本人がレズビアン、トランスジェンダーなどの場合、もちろんカミングアウトはいいことです。する人が増えれば増えるほど、社会の中でその話がしやすくなります、生きやすくもなるはずです。でも、やっぱり、それぞれの人にはそれぞれの事情があるから、必ずしろ、するべき、とは言えません。

友人や家族に受け入れられないかもしれない。隠しているときより、もっとひどい目に遭うかもしれない。アメリカは、LGBTのことが日本よりもっと受け入れられているところですが、それでも残念ながら、カミングアウトしてひどい目に遭うことが、まだあります。

自分がLGBTだと思ったら、まず、そのコミュニティ、同じ思いの人が集まっているサイトや場所を見つけましょう。ざっくばらんに語り合える相談窓口を見つけましょう。

一生、同性愛者として生活して、カミングアウトをしない人がいます。それはそれでいい。本人が満足していれば、それでいい。同性愛者として何年も暮らしてから、ようやくカミングアウトする人もいます。

自分が誰か、何をしたいのか、セクシュアリティも、アイデンティティも、自分の中でも、理解するのに時間がかかります。計算やミステリーなら結論が出ないといけませんけど、なにしろ人生ですから、結論は、いつ出ても、ついに出なくても、OKです。

理想的な世界とは、カミングアウトしようがするまいが、誰もなんとも思わない世界。異性愛者が、あたしセックスしたい相手は男なのよなんて、ことさら言わないで済んでるように、レズビアンやトランスジェンダーの女も、ただありのままに暮らせる世界であります。

執着する

「別れた彼が忘れられず、駅で待ち伏せしてしまう」◉24歳
「不倫中の相手の家につい張り込みに行ってしまいます」◉36歳

わたしは、これは依存症みたいな病気、と思いたい。でないと、つらいのに、くり返してしまうこの気持ちが説明できません。

基本は「あたしはあたし」です。「あたしはあたし」で「おれはおれ」で「人は人」。

ところが、恋愛中は、おろかにも「彼はあたしで、あたしは彼」。

別れるとなると、別れを言い出す方(この場合は彼)が、手のひらを返したように「おれはおれ」になる。これは当然です。人と別れるときには、そう考えないときっぱりと別れられない。でも、言い出された方は、自分を否定されることですから、やはり抗う。抗って、こんがらって、「彼はあたしで、あたしはあたし、かも?」になり、執着する心、つきまとう行為、俗にいうストーカー行為が生まれる。

不倫は、別れではありません。つきあってます。でも、根本の「あたしだけを」という願いにいつもNOを言われてるから、不本意な別れと同じような執着がひそかに生まれる。とくに、相手が自分の思いどおりにならないときに、そう。あたしは何も相手を思いどおりにしたいなんて思ってない、ただ誠実に向き合ってほしいだけ、とみんな言います。しかし、誠実に向き合うということは、つまり、相手に、自分と同じことを考え、同じように行動することを要求しているわけ。そんなことは、まず実現しない。なぜなら、人は人だから。

待ち伏せだ、張り込みだと言ってますが、なに、ただのストーカー。たいていのストーカーは自分が待ち伏せしてることにも気づいてない。彼や彼女を待つという、当然のことをしていると思っている。

気づいてみれば、みっともない行為です。自分なんかどこにもなくなって、執着しか残ってない。世間でも事件は起こり、いやだ、こわい、と思われている。歴史的にも、あるいはフィクションの世界でも、ストーカーはたくさんいましたが、みんな苦しんで、みじめに生きて、ろくな死に方しませんでした。自分が同類なんだと気づくには、どんなに勇気がいることか。

気づきましょう。そうすれば、ストーカーをやめる一歩が踏み出せるんです。そしたら、急がば回れの心持ちで「あたしはあたし」を突きつめる。それができれば「あなたはあなた」に、それから「人は人」に、きっとたどり着けます。

不倫と女

「不倫してます。苦しい、でも別れられません」◉22歳

なぜ不倫するのか。不倫して苦しむのか。

発端の説明ならかんたんです。女と男の年齢に差がある場合には、既婚者の卑怯な誘惑に考え無しの若い独身者が無鉄砲にひっかかったから、と言えるでしょう。悪いのは年上で既婚者

の方です。年齢や分別に差がない場合には、うーむ、双方が出来心の無分別なんでしょうね。

わたしはコレを、摂食障害と同じような依存症と見ています。依存するのは相手の男というより、男との関係です。そして、摂食障害やアルコール依存みたいに自助グループがあったらいいと、つねづね思っています。「薬物依存のひろみです」や「食べ吐きのひろみです」みたいに、「上司と不倫のひろみです」などと自己紹介できるような。しかしそんな自助グループは存在しません。自力で解決しないといけません。

治していくためには、この依存を、もっと治しやすい依存に分散させること。たとえば、不倫をつづけたまま摂食障害になる、とか。不倫をつづけたままハマれる趣味をいくつか作る、とか。

心に不安と不満を抱えてますし、もともと依存しやすい体質があるから、摂食障害はかんたんです。無理なダイエットして、数か月間飢餓感にさいなまれれば、すぐなれます。食べて、吐いて、苦しんで、やめられなくて、死ぬかと思って、観念して、治療者や自助グループにたどり着いて、そこで一摂食障害者として、自分について考え、人に話すということができていけば、その問題とともに、不倫の問題も、ずるずると解決していくんじゃないかと思います。荒療治ですけど。

趣味としては、寄りかかれる対人関係のあるもの（英会話、一対一で手を握れる合気道、ダンス……）、収集欲の満たされるもの（ポケモンカードの収集、刀剣研究会、仏像研究会……）。できることなら新しい出会いがありえる、男度の高いものを。

別の男に乗り換えるというのが、これまた荒療治ですが、とっても効きます。結局は依存できればなんでもいいわけです。（つづく）

マスターベーション

「マスターベーションはしません。おかしいのかな」◉25歳

今までずっとしないで生きてきて幾星霜という人なら、必要なかったわけだし、これからも必要なく生きていけます。何も問題ありません。でもまだ若くて、これからいろんなことに出会う意欲のある人で、マスターベーションしてみようかなと思ってる人ならば、心の底からお勧めしたい。

自分の快感というものについてはっきりわかるということは、ずいぶんその後の性との向き

合い方が違ってくると思います。良質な手引き書があればいいのですが、わたしには必要なかったので、出ているかどうかも知らないのです。探してみてください。それ用のグッズが、今はネットでかんたんに手に入ります。ご活用ください。

痴漢

「痴漢に遭いました。声も手も出せなかった自分が許せません」◉16歳

無理で当然です。更年期の女なら声も手も出せるでしょうが、十代の女には難しすぎる。そして、痴漢も更年期の女には手を出さず、十代だから出すんです。こういう経験はすべて「こんど」のためにあると思って、こんどはこうしてやる、ああしてやる、とシミュレーションしておきましょう。

娘の恋路

「受験生の娘が恋愛にうつつを抜かしているのが不満です」◉51歳

娘たちは一見、自分の将来のことなんか考えていなさそうに見えますが、わたしたちが思ってるより、もっとずっと考えつめていて、不安にまみれています。ただ経験不足なので、考えが甘いだけです。その甘さは親がどうこう言ってどうにかなるものではなく、自分で失敗しながら、自分で気がついていかねば、どうにもならないんです。

そもそも、問題集をやりまくるだけの「受験勉強」を一年間、脇目もふらずにやってる十八や十九の娘がいたら、わたしはその顔が見たい。顔を見て「だいじょうぶ？　あんたの人生は試験の後もずっとつづくんだよ」と言ってやりたい。

娘の人生はまだまだ続きます。受験が終わってからも、いろんな出会いがあり、興味が生まれ、行動し、経験になる。どんどん自分の人生が自分のものらしくなっていくわけです。

たたかう女②

社会と女

女の装い

「リクルートスーツはどんなのを選んだらいいでしょう」◉18歳

「リクルートスーツ」、きらいです。それがわたしたちの文化なんだからしかたがないとは思うんですが、きらいです。中高校生の制服より、もっと不気味です。

数年前、某女子大であった学会に行きまして、手伝いの学生たちがみんな同じものを着ているので、この大学には制服があるんですかと聞いたら、それがリクルートスーツでした。驚きました。つまり高校を出て、制服から解放された時点で、女たちは、制服の代替物を自発的に買い求め、ないしは買い与えられ、おりおりの社会に出る場でそれを着用に及んでいる。

それを着る場は、おしゃれして自分を表現する場ではないという主張はわかります。身を守るヨロイのようなものだという主張もわかるんです。でもそのとき、リクルートスーツの女子大生たちの声は地声ではなく、甲高く、そして聞き取れないくらい小さく、ことば遣いも話し方も、歩き方も立ち方も、控えめにを通り越して卑屈っぽく、おのれの存在を社会に埋没させようという努力を怠らない、ような気がしてしかたがなかった。一人一人のその人らしさや、自由な発言は、何にも出てこなかった。埋没するためのヨロイとは、なんと寂しいものか。

世間を眺めてみると、社会を生き抜く状況がとても厳しいというのはわかるんです。昔だって厳しくないわけじゃなかったけど、ますます厳しくなっているというのもわかる。そこを生き抜く、生きのびる、そのための手段である。

それがわたしたちの文化だ。わたしたちの今の状況だ。わたしたちはどんな姑息な手段を使ってでも、正社員の座を勝ち取りたい。働けば働いただけ、生活がちゃんと保証される職場で働きたい。そのうちに年をかさねる。経験を積む。ホルモンの分泌やら、しわやら脂肪やら経験値やらが変化して、人前でどうどうと立つことをおそれない、埋没しない、自分らしいおしゃれのできる女になる。そのとき、生活が安定しているともっといい。どんな生き方を選んだとしても、どんな家族のかたち、どんなセクシュアリティ、どんな親子関係、どんな仕事を選んだとしても、自分らしく生きられるようになっているといい。……ということを若い女たちが、考えてくれているといい。

おいそれと脱げるリクルートスーツでもないでしょうから、ここで、自分を取り戻していくための一つの方法をわたしは提唱したい。

「日本の女、地声で話そう」ということです。（つづく）

・・・・・・・・・

地声

「地声って何ですか？」◉18歳

母たちの世代は、電話に出ると「イトウデゴザイマス」というふうに、声が裏返っていました。実は、その母の薫陶を受けたわたしも、電話に出ると、ときどき声が裏返ります。携帯は、個人使用の「あたしはあたし」が徹底している場なので、ほぼ地声です。男を前にして、その男をひっかけようと思っているときには、声を少し甘め高めに設定して話していた若かりし頃がありました。英語をしゃべるときも、不自由だった初めのうちは、一オクターブほど高い声が出て、われながら不愉快でしたが、やめられませんでした(今はほぼ地声になっています)。世間を見渡すと、職業的な接客の訓練をされている女たちの声は、たくましく高々と裏返っています。アニメの声優の声も、どんなにたくましいキャラでも、女であるかぎり、高い声です。

同じアニメの声を英語吹き替えで聞いてみると、違いがわかります。どんな清楚なヒロインであっても、英語の声は、どすのきいた地声です。つまりわたしたちの文化は脈々とつづく裏声文化であると言えますが、やはりこれじゃ、言いたいことが言えないじゃないですか。

母と娘

「働くわたしを母がねたましそうに見ているんです」◉28歳
「バイトで働いています。専門職で働いてきた母の目がいや」◉33歳

娘が二十代、三十代、まだまだ母は、娘に自分の力が及ぶと思い込んでいます。思いやりのある優しい娘は、母の勘違いに応えようと、思わず知らずがんばってしまうのですが、情けは無用です。ある意味、むやみにぶつかろうとした思春期より、この世代の方が、娘にもおとなの力がついてきて、ガチにぶつかりやすいかもしれません。社会への関わり方、そしてセックスへの向き合い方が、いちばん母とぶつかりやすく、またぶつかり甲斐のあるテーマです。ひきつづき、母の期待は無視してけっこう、応えなくていいんです。（つづく）

妻と夫

「家庭と仕事の両立ということ……」◉38歳

「両立」なんてことばは、七〇年代、八〇年代あたりにさんざん言われたことばでありますが、もはや死語かと思っていました。あの頃、家事を「手伝う」男はごく少数派でありました。九〇年代、ゼロ年代と時が経つにつれ、「手伝う」は「分担する」になり、さらにどっちが主でもない「家事をする」になったと思っていました。……いえ、ただの幻想。生物の進化だって数十年間じゃ何も変わりません。男の意識、女の意識も、そうかんたんに変わるわけはないのでした。

というわけで、女たち、必死にやるしかないです。そして、パートナーに対しては情け無用です。自分でできることは自分でやらせます。赤ん坊じゃないんだから、やってやることは何もありません。「あたしがやった方が早いから」「あたしの方がうまいから」「いっしょにやった方が経済的だから」等々、すべて自分の首を締め、相手も締め殺す考え方です。ただひたすらに情け無用と、心をオニにして、相手に押しつける。あるいは相手がやるまで、目をつぶって放り出しておく。

それをつづけた結果はこうです。当面抱えている「両立」の問題は、ある程度解決される。たいへんさは変わらなくても、気持ち的に楽になる。そうして何よりも、年取ってこっちの身体能力が衰えてきたときに、家事の重荷を二人で背負える。そして万が一、相手が独居する老人になったとき、それまでに培った家事能力が、彼の生活をきちんと維持し、生活の質を向上させる。（つづく）

主婦

「専業主婦に憧れています」◉26歳

主婦ということば、差別的な気がして使ってきませんでした。わたしも家庭の中で家事する主な人間であり、女であります。自分にろくな稼ぎがなくて、同居する男の収入に頼る時期もありましたけど(頼られるときもありました)、そういうときも、めったに主婦とは名のらずにきた。今どきの主婦は、食や育に直接関わっている立場上、地に足が着いた考え方をするし、理想も高い。時間に余裕があり、がつがつお金を欲しがらなくてもいい。更年期にもなれば、そこに正義と行動力と義侠心が加わる。そういう女たちを家庭に押し込め、女たちの善意と働きを無償で利用しながら、社会は回ってきたのかもしれません。しかしながら主婦の基盤は、やはり、旧来ながらの婚姻関係です。離婚したら、生きる環境ががらりと変わる、名前も、住む場所も、友人も変わる、そして多くは食いつめるという可変性が基盤の人生だというところに気をつけて、自分らしい生き方を探しつづけていければ、盤石です。

仕事と女

「彼女に仕事を続けてもらいたいが、本人はやめたがっている」◉26歳
「子どもに、『お母さん、仕事しないで』と言われました」◉34歳
「介護中です。仕事をやめる方向で考えています」◉45歳

職があり、家庭を持つ女に言います。職を手放してはいけません。自活する方法がなければ、

離婚ができないからです。社会につながる手段がなければ、生活は閉じてしまうからです。子育てが一段落し、介護が終わったとき、それまで寄りかかっていたものを失った自分自身も、自分の生活も、ぽっかりと空虚になるからです。現状のつらさ、苦しさ、充分に共感した上で、また、家庭の外に職を持たない女たちの生活の充実度もプロフェッショナル度もよく知り、共感した上で、それでもわたしは、そう言いたい。

泣く女

「すぐ泣く女性の部下。優秀なんですが」◉40歳

おんなおんなしい行為に見えますが、ただの人間の感情の表出です。泣くことは、たまたま女の文化ではよくあるので、女は泣き慣れていますが、男の文化では極端に忌避されているので泣き慣れてない。働く場は、たいてい男の文化のルールで運営されていますから、泣いてる方も、おっと恥ずかしい、人前でおもらししたようなものだと思っているはずです。対処法は見て見ぬふり、これにかぎります。泣いてる人を泣きやませるより、泣く人を見てうろたえず

にいる方が、ずっとかんたんです。で、叱りもせず、とがめもせず、なだめも、おろおろもせず、放っておくことです。

………働く女

「比呂美さんにとって仕事とは?」◉23歳

小さい頃から、母に「手に職を」と言われていました。うちの母は、貧乏な家で生まれて育って、小学校を出るか出ないかの頃にもう奉公にやられてという苦労をした女です。父といっしょになってからも零細町工場の妻として、ひまなしに働いていました。父は、母ひとすじで(父談)、甲斐性はないけど優しくておもしろくてしょっちゅう「愛してるよ」と言ってくれた夫だったのですが(母談)、昔の人で、縦の物を横にすることもしない夫でした(母談)。つまり母が、働いて、働いて、働いていました。

その母に「手に職を」としきりに言われて育ったわたしです。「学校の先生でもお産婆さんでも髪結いさんでも(昔の人なので、それくらいしか知らなかった)、とにかく手に職を」と。

「手に職を」の呪いが効いて、わたしは大学で中学高校の教員免許を取りました。男女雇用機会均等法ができる数年前、女子学生の就職状況は悪く、わたしの大学からはろくな就職を見込めませんでした。まだヒッピー的な気配がそこら中に残っていて、なんとかなるとみんなが思っていました。その上わたしは、大学時代に書きはじめた詩に没頭していて、安定した就職よりも、詩人になることが自分の未来と信じ込んでいました。で、その「詩人になる」というのは「詩を書いて出版する人になる」という意味で、お金にはぜんぜん結びついていない考えだったんです。ほとんどの詩人たちは、詩だけでは食っていけず、他に職業を持っていました。でも詩を書くことが生活の中心になっていて、詩人たちの生活はたいてい破綻してました。で、若いわたしは、それであたりまえで、それでいいのだと思っていました。

大学時代はかつおぶし屋で、それからマーケティング会社でポスター描きをして、働いていました。しかしそれらはバイトで、ちゃんとした仕事にはつながらない。教員採用試験をいくつか受けていくつか落ちた頃、わたしは新人向けの詩の賞を取り、詩人として仕事の依頼が来るようになりました。もちろんそれでは食えません。そしたら埼玉県の臨時採用から声がかかりました。市立中学の教員でした。一年生の担任も持ちました。仕事は楽しく、教えるのは向いてさえいましたが、一年でやめました。中学で教えることと、詩を書くこと、当時夢中だった恋愛と、ぜんぶこなすのは無理だと判断した結果です。

教員をやめて、結婚したり離婚したりしながら、某出版社の雑誌編集にやとわれて数か月でクビになりました。編集は向いてませんでした。塾の講師で食いつなぐうちに、当時の恋人がワルシャワに留学し、そこで日本人学校の現地採用教員募集を知って、わたしに知らせてきました。必死でワルシャワに行きました。そしてそこで一年間。日本に帰ってからは、夫(恋人と結婚した)の奨学金と二人のバイトで食いつないでいましたが、わたしが妊娠し、さあどうすると途方に暮れかけた頃、夫の就職が決まって熊本に。次の年に出版した『良いおっぱい悪いおっぱい』の本があたって、仕事がばんばん来るようになり、それで食えるようになり、以来ずっと書いています。

妊娠したときも、子どもを産んだときも、うつになったときも、仕事をやめようとは思いませんでした。書くことなしでは自分が存在しないような気がしてました。離婚したときは、書いて子どもたちを養うしかないと悲愴な気持ちで小説を書き始めましたが、これまた向いてなかったようで、まもなく詩に戻りました。

この仕事はほんとにもうかりません。なかなか書けません。原稿料はあがりませんし、本はほんとに売れなくなりました。四六時中仕事をしているのに、稼ぎは東京の裏町の路地裏で零細町工場をやっていた父の収入とおっつかっつ。時給にしたら、悲惨です。でもやめません。「手に職を」と言っていた母でした。寝たきりになった母の容態が悪くなったとき、「おかあさんがんばって」と母に言ったら、母が「人生がんばりっぱなし」とつぶやいたのが、耳に残っています。そのとき母は持ち直し、それから二年生きて死にました。

●●●●●●●●●
女の利用法
「女ということで利益になることはありましたか？」●27歳

第一詩集を処女詩集と呼ぶということはもう話しました。当時は、女の詩人を呼ぶのに「女流詩人」というのが主流でした。呼ばれると、そのださ加減に辟易しました。「閨秀詩人」と呼ばれたこともあります。閨秀の閨は、後宮に設ける小さい門。つまり家の中の奥まった場所。つまり家庭。あるいは寝室。そこで秀でてるっていうんですから、セックス技のことか、と腕まくりして凄みたくなりますが、白川静先生によると、「婦人の文才のあるものを閨秀という」と。その後数年で「女性詩人」が主流になっていきました。しかしわたしは、それにも大いに不満でした。なぜ「女性詩人」とくくる？　くくってカヤの外に置きたがる？　なぜ「詩人」ではない？　と。

しかしながら、七〇年代に詩人としてデビューしたとき、わたしは二十代前半で、たしかに、若いということと女ということを売りにしていました。じっさい若くて、女だったのです。そして若い女らしく、痩せててかわいかったので、それも付加価値として。若くてセックスのことばっかり考えていたので、書きたいことといえば性でした。「おまんこ」のようなことばもためらわず使っていました。

話は長くなりますが、聞いてください。大学生の頃、大学の先生がアメリカのフェミニズム詩人の詩集を翻訳出版し、わたしは友人といっしょに下訳を手伝いました。シブ・シダリン・フォックスの『お母さんは……』という詩集です。詩のテーマは、女、性、からだ、そして家族。そこにはそれまで見たこともなかったような性的なイメージやことばがたくさん使われていました。詩を書き始めていたわたしは、どれだけ影響を受けたか知れません。

女の性器は cunt ということばで呼ばれていました。それはとても悪いことばだそうで、対する訳語は、「女性器」でも「膣」でもなく、「おまんこ」であると、翻訳作業の中で習いおぼえました。あたしもやったろと思って、さっそく、自分の詩に、そのことばを使ってみました。

若くて痩せててかわいい女の詩人がおまんこですから、批評する人たち（たいてい男、ほとんど男）は喜び、いな、いやがり、その反応がおもしろくてさらに書きました。スカートめくりする男の子の心境でした。

あの頃は書くのもセックスするのも無我夢中でしたけど、今となっては、女に対する男たちのすけべ心をくすぐりながら世渡りしていたんだなあとしばしば思います。

でも、後悔も反省もしてません。あの頃の自分の持ってた武器を最大限に使って戦ってたわけですから、潔いことであったと思っています。ところがそのうちに、だんだん疑問を感じはじめた……。というのも、わたし自身は、育つ過程で、「おまんこ」なんて、聞いたことも使ったことも、使われたこともなかったわけです。これは自分のことばではない、自分のものではないことばで、自分の性器を表したくはない。そう考えて、いろいろ探してみましたが、なんにもない。性のことばは、みんな手垢がついて汚れきってました。それで、ペニス、膣、セックスというところに落ち着きました。

わたしは、手や足や顔や腹について書くように、ごく普通のこととして、性器についても書きたいと思っていました。食べたり歩いたりについて書くように、セックスについても書きたいと思っていました。もちろん、それは今でも、はっきりとそう思っていますし、その意識で書きつづけてきました。「女性詩人」と呼ばれるのはいや、女性詩人でくくられるよりはただの詩人でありたい、男の中に立ち交じって仕事していきたいと考えたのは、その頃です(世間的には、ちょうど「男女雇用機会均等法」が成立する前夜でした)。

やがて、わたしは妊娠、しかも産むつもりの妊娠をし、そして出産をし、おもしろさに目をむきました。孕むこと産むこと、経血や胎児を排出すること、それもまた女の属性であると気がついて、思いっきりそれを書いた……ということは、それもまたわたしの武器、利用してきたことになりますね。夢中で書いてきて、はっと気がついたときには、女としてはもう若くて痩せててかわいいからどうのという年ではなくなっており、わたしはすっかり成熟していたのでありました。

「では次に、不利益について教えてください」◉27歳

まず、産休もなければ育休もない職場で働いていること。まあ、わたしにかぎっては、子どものことをネタにして書いてきたから「いってこい」(差し引きゼロ)と思っています。またこの職場にかぎっては、どんな保証もあったらだめなのかもしれないとも思っています。

ただ、子どものことを書くのと、子どものいる生活をするのは別であります。

先輩詩人(男)の「ぼくは子どもの声は背後にぜったい聞かせない。仕事の電話がかかってきたら、子どもに声を立てさせるなときつく妻に言い渡してある」などということばを真に受けて、プロとはこういうものと思い込んだわたしであります。子どものことを書いているのにもかかわらず、子どものせいで仕事が遅れるなんてとんでもない、男並みにがんばらなくちゃと必死でありました。

朗読の場で乳をやったこともありますが、あれはパフォーマンスです。雑誌対談の場に乳児を連れて行ったこともありますが、預けるに預けられなかった窮余の策です。あのときは、子どもをおんぶしてタクシーで会場の旅館に向かったら、タクシーの運転手から「女中さんになるの?」と聞かれました。

しかし、三人目が生まれる頃にはこっちも四十歳、すっかりず太くなり、危機のときははっきり言うようになっていました。言わなきゃいけないと思っていました。「子どもが熱を出しちゃって保育園にお迎えにいかなくちゃならないんです。しめきりを延ばしてください」と。子ども育てながら働いている女が子どもの影を背後にちらつかせて何が悪い。くだんの先輩詩人は男であった、女の事情なんかわかろうともしてなかったのだということに気がつきました。

しかしながら、立ってるものは子でも使え（と言わないか）、子どもが熱を出さなくても、その口実を使って危機を切り抜けたことも、何回かありました。

さらなる不利益としては、昔の男の詩人たちが、女に対する差別にいたって無知であり、無頓着であったこと。それで、女の書いたものを批評するのに、子宮だ、冷え性だなどということばが平然と飛び交っていたものです。むかついただけで、何の手も打ってこなかったのは、こちらの努力不足、ケンカ嫌いとぐうたら性によるものでありました。

女の評論家や女の選考委員が少ないせいで、わたしの書く「産む」や「育てる」や「月経」のテーマを、きちんと評価してもらえてないなあと、いつも、いつも、感じていたし、今もまだ感じていること。でも自分が評価する側に回ったときに、女のものだけを選ぶかというと、悔しいことにそうではないのです。

それから、昔は、女の詩人というのがネットワークをろくに持たなかったこと。それで、詩人として外国へ招待されるチャンスも、大学で教えるチャンスも、格段に少なかったこと。それは今、だいぶ改善されてます。

八〇年代に女性詩がブームになり、女性だけの詩の雑誌もできました。その時代のその動きは、「ここに女がいる」ということを世間に広める上で効果があった、きっとあったと思うのです。でも、わたしは、自分の武器である「女」性や世間の（男の）好奇心を利用するのはやぶさかではないが、そうやって自分たちを限定して抱え込むことに、とても違和感を感じていました。むしろ、女も男もごったに混じったところで、思う存分自分でありたいと思っていました、たまたまそれが「女」であるだけ。

そんなこともあって、フェミニストかと聞かれると、その昔、数十年前は否定していました。いや別に、ただ女であるだけです、と。しかし今は、違います。ただ女であるだけです、それだけで充分です、女として生きる、不利益を感じる、むかついて、何がしかの抵抗をする、それがもう、堂々のフェミニズムじゃないか、自分は、ど根性のフェミニストじゃないか、そう思っています。

●●●●●●●●●●●●

職場と女

「いやな同僚がいる。人を人とも思ってないようです」◉25歳

「会社の上司に目のカタキにされています。同僚は同情してくれるのですが」◉28歳

悲しいことですが、世間にはそういう人がいます。問答無用に気の合わない人もいれば、理解不可能なくらい平然と人をいじめる人もいます。人を傷つけないではいられないような人もいます。そしてまた、人のことばにたやすく傷つく人もいれば、まったく動じない人もいます。気の合わない人、いやな人の場合は、逃げるに如かず。勇気を出してかれらに立ち向かって、こんこんと諭して、時間を使って疲れ果てても、かれらの気持ちが変わることはほとんどない。逃げるしかない。逃げましょう。それもまた勇気です。

近所の目

「近所の人の目がうるさくてたまりません」◉28歳

「人の目を気にしなさい」。これもまた、親の呪いの一部です。いい子になれという呪いの一部で、親の呪いの中ではいちばんたいしたことのないものです。わたしは詩人と名乗りはじめたときから、対近所、対世間で、この呪いがぱあっと解けていくのを実感しました。「詩人です」と名乗ると、その場で人々が「この女は変人に違いない、世間並みなことは期待しないことにしよう」と考えてるのが見て取れました。それで、奇抜な格好で学校に行っても、ゴミ出しの日を間違えても、人前で素っ頓狂な発言をしても、その他いろいろ、人がするべきことをしなくても、母にはあいかわらず文句を言われましたが、他の人は誰も何にも言わなくなりました。ありがたかったです。

変人として生きること。これがひけつです。だれもみな、少しずつ、変人になりうる素質を持っています。

うつ

「苦しいです……」◉34歳

うつにストレスの原因があるなら、それを取り除いてください。でないと、いつまで経ってもどうどう巡りです。そんなことはわかっている、取り除けないから原因になっているのだという場合がほとんどです。それならば、とりあえず、向かい合っている他の雑事、仕事も関係も一切やめて、取り除けない原因のそれだけに向かい合ってみると、多少は楽になるようです。

まあ、焼け石に水的な方法ですけど。

一切やめる。もちろん、自殺というのが方法の一つです。うつになったら、誰もが一度は考えることでしょう。でもそれはあまりに周囲を傷つけます。わたしにはとてもできませんでした。出家について、瀬戸内寂聴先生にうかがったとき、出家というのが、昔は自殺の一手段だったのかもしれないと考えました。それから、カリフォルニアに移住した、日本語を断ち切ってみたというのが、わたしの場合の自殺の方法だったのかもしれないなと考えました。

ヨガ、水泳、太極拳、鍼灸、乗馬、猫を飼う、犬を飼う、散歩をする、ジョギングする、ダンスする、ホメオパシー、合気道、お百度詣り……玉石混淆ではありますが、からだと心がつながったものなら、ある程度の効果は期待できるんじゃないかと思います。

わたしの経験を言えば、医者に勧められた飲尿療法、これはタブーを侵しているという点で、ずいぶんしゃっきりしました。抗うつ剤も飲みましたが、わたしは依存症の体質ですから、抗うつ剤にも依存してしまって、かえってひどいことになりました。それから運動が効くらしいというので、一日中、水泳と筋トレとエアロビクスに励んでみました。

あとは、動く。からだを動かす。

わたしもまた、旅して、旅して、旅して、旅してまわりました。日本の古典文芸によく出てくる「道行」というもの。それから「漂泊」というもの。あれは、行き詰まり、にっちもさっちも行かなくなった人たちが、なんとか打開しようと、からだだけでも動かしていったその行為なんじゃないかと思いながら、わたしは必死で旅をつづけました。

うつの友人

「うつの友人がひんぱんに電話をかけてくる。重すぎて逃げたい」◉40歳

人ひとり、ここで病んでいます。大ごとです。友人なんかの手に負えるしろものじゃない。親でさえ、妻や夫でさえ、抱えたら重たくて投げ出したくなるのが病人です。今は逃げましょう。自分の身を守るのが先決です。ただ電話に出なければいい。そのうち、電話はかかってこなくなります。実はわたしも自分がうつのとき、親友に電話をかけまくって縁を切られました。悪かったなとも思うし、しかたなかったとも思っています。心が癒えてきたら自分の行動が人迷惑だったのもわかってきて、友を失ったこともあきらめることができました。こんど心を病んで人に電話しないでいられなくなったときには、一人に集中しないで、何人もの友人に順ぐ

りに電話していこうと思いました。

女友達

「仕事が忙しくて女友達とつきあわなくなってしまいました」◉27歳

働くのに忙しくて友達に向き合う余裕がない。今はそれでいいのです。いずれ必要になったら、また、女友達はできます。友達とはそういうもの。だから、夫や同胞より気楽でつきあいやすいんです。（つづく）

結婚退職

「このまま仕事していてもたかが知れているので、早く結婚退職したいです。でもそれを言うと母親にも先輩にも叱られます」◉34歳わたしも叱ります。結婚につきまとう大きな問題は、離婚です。決して「ない」とは言えない。そして、収入がないと、離婚が決意しにくくなります。離婚したい結婚を、離婚できずに耐え忍ぶ日々は、仕事をつまらないと思う日々や、仕事と育児で右往左往する日々に比べたら、いや、もう、比べものにならないくらいの苦痛であります。

世間体

「近所の目がうるさい。『世間体』とどう付き合っていけばいいですか」◉38歳

「世間体」なんてものは存在しません。人がきゅうくつに生きるために作りあげた言葉です。「迷信」や「妖怪」なんかと同じです。なぜきゅうくつに生きなくちゃいけないかというと、ある種の社会では、その方が暮らしやすいからです。その方が、みんな同じことをして、動きが小さいので、まとまりやすいし、余計なことを考えずにすむ。でも残念ながら、もうそんな社会じゃなくなっています。人々は、家族の住んでいた場所から出て、いろんなところに移り住み、よその文化や違う価値観にも出合う。こっちの国のAさんにとっては恥ずかしいことも、

あっちの国のBさんにとっては、あたりまえ、あるいは誇らしいことになる。というわけで、世間体などありません。しのごの言ってる周囲の人々は、自分の人生に関わりがないので無視します。関わりがあるのは、家族と少しの友人だけです。でもそれだって、自分自身ほど関わってはいないはず。

夫の転職

「夫が転職したいと言い出しました。家計はたいへんです。あてもないのに辞めてほしくない」◉35歳

この本は、全編「あたしはあたし」「あたしらしく生きる」というのを目標にしています。その目標から鑑みれば、今、夫が何をすべきか、妻が何をすべきかも、すぐにわかります。夫はストレスで押しつぶされそうになっています。夫は、今のままでは、自分らしく生きていられないのです。やめないと、夫の生命があやうい。そして今大事なのは、生活より、家計より、夫の生きる力を取り戻すことです。

たたかう女③

生殖と女

女の装い

「お金がないから服が買えません、子持ちパートです」◉32歳

子持ちは、髪の毛を垂らしておけない(ひっぱられる)。ピアスやネックレスもだめ(ひっぱられる)。首の周りの巻きものはあきらめる(ひっぱられるし、じゃまになる)。授乳中は乳が垂れてしみになる。赤ん坊や幼児相手に動きやすく、走りやすく、しゃがみやすい服。値段も安くて、洗濯屋に出さなくてもじゃぶじゃぶ洗える服。ということで、なりふりかまわぬ女ができあがっていきます。

現役の頃は、これだけでもいいかと思ってましたし、実際そうでした。しかし今は、これだけじゃだめかもと思っていますし、なりふりかまわなかった自分を反省もしています。それは、夫婦の基本はカップルという西欧文化に暮らしてみて考え始めたことであります。

ときにはパートナーをぎょっとさせるようなおしゃれもするべきなんです。そうでなくても

子持ちは金がなく、つねに眠たく、忙しく、セックスなんてどうでもよくなっており、パートナーに女として向き合うのもめんどくさいだけ。それだってあたしの生き方と、昔は開き直っていましたが、パートナーとの関係から性をなくしてしまうと、殺伐としてきて、カップルももたなくなるということに、しみじみと気がつきました。老婆が老婆心で言ってるんですよ。安物でいい、普段着じゃない服をたまに着て、相手を驚かしなさい。（つづく）

••••••••••

母と娘

「里帰り出産で、母と大ゲンカしました」◉30歳

しないでか。とわたしは思っています。娘の母、つまり祖母の覚えている新生児の育児は、三十年前のものです。三十年前のことなんて、人は普通、ろくに覚えていません。

人が子を産んで育てるという行為は何千年も変わってないはずと思うんですが、実際には、妊娠中の健康管理や育児法、授乳法には、十年おきくらいに流行りすたりがありまして、妊婦も産婦も母親になりたての女も、その流行りすたりに翻弄されます。ところが祖母になりたて

の女もまた、三十年前、この新しい母とまったく同じような情熱で、しかしちょっと違った育児法や授乳法に洗脳され、翻弄されていますから、そこで激しく食い違う。しかも母娘とは、おうおうにして同じような性格で、母が神経質なら娘も神経質、母が熱心なら娘も熱心、母がケンカっ早ければ娘もケンカっ早い。当然ながらぶつかりあうことが多くなるわけだ。

ならば、旧母親、つまり祖母の方が、当事者じゃないんだから手を引いて、傍観すればいいのに(この道をいちばんお勧めします)、あたしは育児の大先輩という自負があり、おばあちゃんになったという覚悟もあり、娘かわいさと孫かわいさが絡まりあって、あたしが守ってやらねばと感情的になってるのが、子どもを産みたての娘を持つ女です。……というわけで、ケンカせずにはいられません。

回避するためには、里帰り出産などせずに、若いカップルの住んでいる場所で子どもを産んで、二人が力を合わせて最初の数週間を乗り切るという、しごくまっとうな手段があるんですが、なぜか娘たちは、いまだに里帰り出産をし、母たちはそれを受け入れ、母娘のしれつなケンカをくり返しているという不思議さよ。そこには、一刻も早く親を赤ん坊に慣れさせ、赤ん坊を親に慣れさせて、のちのち親をタダ働きさせて、自分の社会復帰を助け、あわよくば保育園代をケチろうという、娘の下心があるとしか思えないのです。(つづく)

●●●●●●●●●

胎児はうんこ

「そういう発言で有名ですよね、比呂美さん？」◉35歳

そのとおりです。三十年近く前の『良いおっぱい悪いおっぱい』という本、またその頃書いたいくつかの詩で、そう表現しました。

実は、わたしは根っからの汚いもの好きで、ウンコだゲロだと喜ぶ子どもがそのままおとなの女になったようなものです。しかしながら、女の性や生理を考えた上で、胎児について考えつめたら、それはうんこと実感したのもたしかです。その後、第二子第三子を産み、育て、他にもいろいろと経験をむだに積み重ね、親の介護も犬の介護も経験し、シモの始末もやった末に、わたしはハッキリと見きわめました。生きるということは、排泄である、と。

妊娠

「妊娠とは?」

最初はつわりのムカムカした感じ、乳房のつけ根あたりの不思議な違和感でしか、その現象を感知できないのです。しかし受け入れていくにつれ、胎児がというより、自我のエネルギーとでも呼びたいものが、こり固まって、ふくれあがり、みなぎります。

中期になると胎動を感じますし、排便がうまくできなくなり、もしやココにあるコレはうんこでは、と思うわけです。はじめてのときは、分娩とはどんなものかいつも考えていますから、やはりそこで、もしや、と。

後期になると胎児の動きも大きくなり、手足を突き出したりしますから、うんこ感はなくなります。しかしこの頃になると、今度は、産みたいという欲求が高まってきて、それはつまり排出したいという欲求でもあるわけですから、別のところから強く排便との関連を意識するようになるわけです。

妊娠中は生気に満ちあふれていました、生理的に、自分は何でもできると思っていました。

未来はわたしが、この子宮とこの卵巣とこの乳房とこの乳腺で、拓いていくものと確信していました。病いも老いも、わたしの辞書にはないと断言してました。死には興味がありましたが、ファンタジーの一種でした。すべてが生につながっていました。そして生は、わたしが生みだしていました。この高揚感、多幸感があるからこそ、もっともっと産み殖やさねばという気になるのであります。

●●●●●●●●●

妊娠中絶

「妊娠中絶とは？」

みなぎる自我のエネルギーも、満ちあふれる全能感も、産むつもりの妊娠のときだけです。「産むつもりの」妊娠をしたときに、わたしがしみじみ感じたのは、「産むつもりのない」妊娠をしたときと、なんと違うかということ。だからこそ、あんなに舞い上がり、全身全霊で楽しんだのかもしれません。

「産むつもりのない」妊娠とは、自分の身にふりかかったどす黒い、醜悪な呪いでした。母の呪いではなかったのにもかかわらず、母の呪いもなんとなく効いていて、ほら見たことか、言わんこっちゃない、あたしの言うことを聞かないからだ、あんたは汚い、悪い子だと呪う声がどこからともなく聞こえていました。それで、自分を憎みました。自分の生理を、月経を、性交を、感情を、すべて憎みました。胎児、いえ胎児未満の胎芽というものを憎みました。

中絶する妊娠だって、産むつもりの妊娠と同じように、つわりがありました。一日中なんとなくムカムカしてすっきりしないという状態がつづくわけです。ところが、中絶手術をしたとたん、そのつわりが、けろりと消え失せてしまった。そして母体であるわたしは、ついさっきまでのそのむかむかの感じをもう忘れかけていて、思い出そうとしなければ思い出せなかったのです。悲しすぎる体験でした。

「水子供養をした方がいいでしょうか」◉24歳

中絶とは、女が経験しうるいちばんいやなことの一つと、わたしは思っています。いちばんいやな形の自傷行為かもしれないとも思っています。そしてどんなに強がりを言ってみたところで、それは、殺人にかぎりなく近い行為だということ。でも、わたしたちには、それを決断しなければならないことがあるということ。自分のからだに起こっているのだから、女が自分で、継続か中絶か、決断しなければ始まらないということ。さらに大切なことは、女たちが無知でさえなければ、これを回避できるということ。水子供養なんかするヒマがあったら、後悔を糧にして、自分の人生をずんずん生きていったほうがいいですよ。

分娩

「分娩とは?」

分娩とは、数年に一度のとびっきりのオーガズムに数年に一度のとびっきりの排便を足して二乗か三乗したようなものと言い切りましょう。オーガズムよりも、排便よりも、ずっと強くて、積極的で、痛くて、そして究極の「非日常」。血まみれ汁まみれのはだかに近い格好で、日常の自分からかけ離れ、全身の生理を揺さぶられ、もみくちゃになり、感情がどんどん鋭敏になっていくのを止められず、ただなるがままなんていうのは、他では味わえません。

もちろん、直前に必ずある、子宮収縮の不快さを耐えなければなりませんが、巷で言われるように、それは忘れます。だから、もっとやりたいんですけど、それには妊娠しなくちゃいけないし、セックスしなくちゃいけないし、男と関係を作らなきゃいけないし、それは自分をしっかり把握しないとできないし、産んじゃった子どもは育てないといけないし、つまりもろもろの事情や問題をしのいでいかないといけないので、なかなかできない。そこがまた非日常の極みなんです。

そしてさらにおもしろいところは、分娩という、一人で向き合うしかない作業の中に、他者が、色濃く存在するところ。精子を提供した男の存在。腹の中の子どもの存在。自分を取り巻く助産師や医師や家族の存在。それから制御不可能な自分の生理。そういうのがマンダラみたいにからみあい、それぞれから影響をうけながら、自力でのぼりつめ、極めて、終わらせる行為。それが分娩です。

乳をやる

「授乳とは?」

妊娠も楽しく、分娩も楽しかったけど、ふと思い出して、あへー、よかった、またやりたいと、オーガズムを思い出すように思い出すのは、授乳です。ぱんぱんに張りつめ、みなぎる乳房。一触即発の乳首。そこをあの小さな湿った口で、見かけによらぬ強い力でぐぐっと吸われたときに、開放される感じは、どんな排出エネルギーにともなう快感より強いのです。

わたしは、四十のとき、いろいろと問題の多い妊娠をしまして、産もうか産むまいか悩んでいたときに、あの快感をふと思い出し、というより、妊娠した乳房がわたしにそれを思い出させたような具合で、それで、産もう！　と決意したのでありました。

子どものためにぜったい母乳という考えは、正論には違いないのですが、何々のために、という論理は、なんだかいつもどこかで危険なところに逸れてしまう気がして、どうも好きになれないのです。自分のために乳をやった、それでいいと思うんです。あまり母乳母乳と言い立てると、母乳を出すに出せない母たちや父たちの肩身が狭いのではないかと、乳を出せない前夫(それでいつも、育児的に、もっと全面で活躍したいのにわたしの補佐にまわらざるを得なかった)によく言われました。反省しています。

この行為を日本語できちんと言いますと、「乳をやる」であり、「乳をあげる」じゃありません。あちこちで目にして違和感を覚えています。

育児

「育児のコツを教えてください」◉30歳

まず「がさつ、ぐうたら、ずぼら」であること。これは、『良いおっぱい悪いおっぱい』ではじめて提唱しました。とくに、神経質で、未経験な母たちに。

ぐうたらとがさつは割合にかんたんですが、ずぼらになるには、日々の鍛錬が必要です。でも一度身につけると、乳幼児の育児だけではなく、思春期にも、自分の更年期にも、夫とのいざこざにも、介護にも、役立ちます。

次に、「がさつ、ぐうたら、ずぼら」を突きつめすぎるとネグレクトになりかねません。そこを抑えるためにも「ぎゅっとだっこ」を。とくに子がごちゃごちゃ言い始め、叱りつけたい自分が抑えられなくなったときに、「ぎゅっとだっこ」してやる。

状況が状況なので、なかなかだっこしようという気にならないのですが、そこをあえて、ぐちゃぐちゃの顔からは目をそむけてもいいから、「ぎゅっとだっこ」する。子どもというのはふしぎなもので、身体的なぐちゃぐちゃは、おうおうにして精神的なぐちゃぐちゃを表現してることがある。不安とか。不満とか。眠たいとか。かまってほしいとか。それが「ぎゅっとだっこ」されることですうっとやわらぐ。どんなにぐちゃぐちゃしてても、手ざわり肌ざわりだけはいい連中ですから、「ぎゅっとだっこ」することで、こっちもやすらぐ。

次に、子どもは他人だと知ること。そだてるというのは、自分と他人の境目がときにわからなくなってしまう行為ですが、それでも他人。自分ではない性格を持ち、意思を持ち、世界に対処していく他人であります。親の思いどおりには決してなりません。

最終的に、育児の目標は、自分は自分でいいのだ、という自己肯定感を子どもに植えつけてやること。

第三子の末っ子が三歳か四歳のときの話です。あまりに自分本位な悪たれで、父親、つまりわたしのパートナーが業を煮やし、子どもを前に据えて、「自分がしあわせになるのと、ほかの人がしあわせになるのと、どっちが大切？」と聞いたことがある。そんなことを幼児に聞いて何になる、誘導尋問じゃないのとせせら笑いながら傍観していたところ、末っ子は、即座に、何のためらいもなく、悪びれもせず、「じぶんがしあわせになる」と答えました。ああ。なんとすがすがしい一点のくもりもないような自己肯定であることか。よくぞここまで育てたと、ひそかに我が身をほめました。悪たれということは、親の意向にも世間の意向にも左右されないということ。ポイントはそこかなと思います。

……………

離乳食

「離乳食のやり方を教えてください」◉30歳

昔は親が口でかみかみしたのをちゃぶ台の上に乗せておくと勝手に子どもが伝い歩きしてきて拾って食べるというような光景だったはずですが、今、そういうことを提唱しようとすると、虫歯菌がうつると言われて叱られます。

離乳食は、手間ひまかけてじっくり作ってはいけません。親とはふしぎなもので、与えたものを子が食べるとうれしい。子が食べないと、むかつく。自分を拒否されてるような気になるようです。あたしがこんなにがんばって作ったのに食べなかった(否定された)などと思わず、食べても食べなくても、くらいな気持ちでやっていくのがいいのです。

その調子でやっていたわたしですが、第三子が六か月目から保育園に行きはじめ、ちゃんとした離乳食を食べはじめたとき、それまでずっと下痢気味だったのがぴたりと止まりました。驚くわたしに、保育園の先生たちが、やっぱり赤ちゃんには赤ちゃんのからだに合ったものを食べさせないと、と優しく諭してくれたのをなつかしく思い出します。ずぼらであるべきだが、ずぼらすぎてもいけないというお話です。

内診

「内診に慣れません」◉26歳

産むつもりの妊娠と産まないつもりの妊娠ではぜんぜん違うと、すでにお話ししましたが、そもそも産婦人科という場所の敷居の高さが、「産むつもり」と「産まないつもり」だけでなく、「未婚者」と「既婚者」でも、「未産婦」と「経産婦」でも、「若い頃」と「おばさんになってから」でもおおいに違います。

昔は敷居が高いだけじゃなく、怖ろしく、内診のたびに、膣から手を突っこまれて内臓をかき回されるようなおぞましさを感じていたものですが、今では気後れも嫌悪感も何にもなく、産科も婦人科も胃腸科も皮膚科も同じというのが、今の実感です。自分の膣や子宮や乳房について、切り傷や胃の痛みや心の悩みと同じように、医者と語り合えるのです。今はただ単なる経験の不足、いつかはここに到達できます。

出生前診断

「出生前診断、しようかするまいか、悩んでいます」◉41歳

四十歳の頃、前の夫とは離婚して、そのまま家庭は複雑で、もつれてさんざん悩みぬき、うつになって、再起不能かなと思っていたとき、一定の関係は持っていたけど家庭を持つつもりはさらさらない相手との間に、子どもができちゃった。真剣に悩みました。中絶に踏み切らなかったのは、おっぱいを吸われる快感を思い出したのと、未熟な女ならすいませんで済んだけど、四十になって、自我も経済力も持ってるはずの女が、できちゃった、おろしますじゃダメだ、責任ってやつを取ろうと考えたからです。そのとき、出生前診断をやりました。わたしは四十歳、ご存じのとおり、高齢の妊娠は染色体異常が多くなります。知りたいと自分でも思っ

たし、男もそれを望みました(アメリカではごく普通の検査でした)。しかしながら、そこにあったのは異常があったら中絶するだろうという前提です。

当時、家庭はほんとに複雑で、上の子たちは親の不和と家庭の崩壊にもまれており、生まれる子どもは婚外子、その父親は異文化で異言語で遠くに住んで、ぜんぜんあてにならなくて、異常があってもなくても、自分一人で育てることになる。育てられるのか。不安でありました。

あの頃は、妊娠中期の羊水検査しかなく、一晩入院してやりました。おなかはだいぶ大きくなって、胎動もありました。おなかの中で胎児がそだっている実感はたしかにありました。それをほんとに中絶できるのか。結論を出し切れぬまま、結果が出て、染色体はこんなのですと見せられたとき、ああ、自分のからだのことは、何もかもすべて知り尽くしたかったのだ、これを見ることができてよかったと思ったのをクッキリ覚えています。でも、あのときの結果が違っていたら、さてどうしたか、実は今でもわかりません。

働く妊婦

「働く妊婦です。気をつけることは?」◉32歳無理をしない。休むときは休む。自分のからだは自分で守る。そしておなかの子も自分が守る。しかし、休む、無理をしないとなると、同僚にしわ寄せが行きます。育児休業でさらにしわ寄せが行きますから、からだの調子のいいときの仕事ぶりで、同僚の理解を得ておく。母性保護の建前はさておいて、やはり同僚は、歓迎してくれる人だけじゃない。妊婦だからと居直らずに、応援したいと思ってくれる味方を増やすこと……。と、ここまで言っといて何なんですが、これは建前の建前にすぎません。わたしが心底、掛け値なしの本音で思うのは、「妊婦が休むのはあたりまえ」ということ。

どうどうと妊娠できる社会を作る。子どもをそだてながら働ける社会を作る。子どもを産むにはだれかが妊娠しなきゃならない。たまたまそれは女で、女も社会で働かなくちゃならない。とすると、それが当然、それが人類の夢だと、わたしは思うんです。居心地の悪いこともあるかもしれませんが、他のたくさんの働く妊婦とともに、胸を張って、その先駆けになってください。

子連れ

「町で見かける子連れのマナーが悪すぎる」◉46歳
「子どもを連れて行けないところが多すぎます」◉29歳

子どもはうるさいです。慣れた耳や親の耳にはかわいいと思える声も、他人からすれば騒音、そしてたしかに、しつけしてるの、と心配したくなるケースもままあります。

それでもわたしは、さあ親たち、子どもを連れて外に出よ、と励ましたいのです。親は、子どもをそだてなくてはならないんですが、親自身、二十代や三十代では、自分をそだてる仕事もまだ継続中、そのために外へ出て社会に交わらなければならない。子どもを抱えて、家と公園の周囲にぽつんと取り残されている親に、子どもを連れて来るなと言えば、親はどこにもいけない。ふだん抱えてそだてている子どもを、たまの機会に預けるのは容易ではない。

未来は、わたしたちが子どものうるささに慣れていくことで、子連れの女は、迷惑がられているのを承知で、社会に出て行きつづけることで、作られていくはずと思います。

不妊治療

「不妊治療を三年続けてきました。やめどきがわかりません」◉42歳

不妊治療、とくに体外受精は、もともと成功率が高くありません。「妊娠しなかった」「また妊娠しなかった」がつづくと、妊娠するためというより、自分は妊娠できないと確認するための治療のようになり、「自分の否定」のようになって、とてもつらい。

治療をやめる＝妊娠しないということで、子のいない人生が確定してしまうのもつらい。パートナーとの長い長い二人きりの時間がそこには横たわっている。それはたぶんずっと同じ、ずっと変わらない。その退屈さが経験しないうちから見て取れる。

受け入れるのも、受け入れないのも、つらい。それで、ずるずるつづけてしまって、さらにつらい。

執着心をなくすためには、目の前のことがらを、因数分解みたいに分解し、分析しながら観察してみるのがいちばんです。たぶんこの場合も、それが効きます。考えてみる、不妊治療の方法も、目的も、自分の心も。からだとは何か。どう動くか。なぜ子どもがほしいと思うか。

子どもとは何か。社会の中で、家族の中で、自分たちは、どう動いていくのか。そして「子のいない人生」とは、どういうものか。そのイメージを、否定的ではなく描きなおしてみる。受け入れるのは、「できない」自分ではなく、「できる」自分です。「ない」ではなくて、「ある」であるべきです。

今からでもいいから、やめるポイントを自分たちで設定する。一年やってみるとか、五回やってみる、とか。これから始める方は、最初にその期間を設定しておくといい。その間に成功しなければ、泣いても笑っても、そこでやめて、前に進む。夫から、「よくがんばった、もうやめよう」の一言を言ってほしいと、多くの妻がわたしに言いました。

••••••••••••••

虐待

「叱り方がわからない、叱りすぎてしまっているような気がする」◉31歳

「つい叩いてしまいます。寝ている子を見ていて、ごめんね、と心の底から思うのに、また朝になると同じことのくり返し」◉25歳

新聞を騒がす虐待事例とは少し違います。ごく普通の生活をしている母たちが、たんに育児に慣れないのと、孤立しているのとで、叱りすぎ、言いすぎ、叩くのをやめられない。たいていは、母が一人で悩むだけで、いつか子どもは大きくなり、少しずつ手を離れ、親も子も忘れていく。

解決法は、たとえば保育園。親子の間に、他人の視線を引き入れる。それで親の心には余裕ができるし、プロのワザも見習える。お金を稼いだら稼いだだけ保育費に持っていかれる、ということになるかもしれませんが、それでも育児は楽になります。

それから「あたしはあたし」が子どもにも適用されるということ。「あたしはあたし」の次は「あなたはあなた」。こんなに小さくてまさかと思うかもしれませんが、そうなんです。基本的に、子どもは親の思いどおりになりません。違う人間だからです。

●●●●●●●●●

三歳児神話

「三歳までは家で育てよと言われますが」◉30歳

都市伝説です。気にすることはまったくありません。むしろわたしは積極的に、保育園や幼稚園やらその他いろんなコミュニティの中で、いろんな人が関わりながら、子どもを育てていくべきと思っています。

猫

「とつぜん猫を飼いたくなった。無謀でしょうか」◉26歳

状況的にも、精神的にも、不安定で、ほんと非現実的きわまりないのに、どういうわけか二十代後半(ま、人によりますが、わたしはそのくらいでした)、女には、生理的に、子どもを産みたくなる一時期があるようです。そういうときには、猫を飼ってごらんなさい。ふしぎと落ち着く。猫が何か出してるんじゃないかと思うほどです。猫を飼うにも責任はありますが、人の子よりは気楽でしょう。わたしもそれで二十代の日々、少し楽になりました。今はめっぽう犬好きですけど、たぶんあのときは猫だったんです。

周囲の目

「二人目は？　と言われるのがうるさい」◉35歳

そもそも、子どもを産む産まないは、女が、パートナーと話し合って決めることです。社会や慣習や周囲や親に、しのごの言われる筋合いはまったくありません。他人のパンツの中に首をつっこむようなことはやめてほしいと思っていますが、世間にはまだまだつっこんでくる人がいます。出会い頭に悪気もないのに言い放ち、こっちを傷つけ、傷つけたことにも気づいていない。その人のイメージしている人生とは、ずっと昔の、まだ社会の形がぜんぜん違っていた頃の人生で、もうだれもそんな人生は持ってないというのに、それにも気づいてない。で、サザエさんちのご近所に住む人みたいなノリで、パンツの中に首をつっこんでくるわけだ。それでも、みんな、少しずつ、若い女に結婚のことを聞くことや、新婚夫婦に赤ちゃんのことを聞くことは、失礼なんじゃないかと気づいてきてます。あと一歩です。

たたかう女④

家族と女

女の装い

「すっかり太ってかまわなくなりました。自分でもみじめです」◉38歳

立て、立つんだ、女よ。立ち上がって、運動をはじめなさい。太ってるのと、不健康にぶよぶよなのは違います。中年になると運動してもやせませんが、からだが多少でも引き締まると、心の持ち方がぜんぜん違います。（つづく）

母と娘

「夏に子連れで帰省するんですが、必ず母親とケンカになります」◉40歳

子ダヌキや子ネコが、いったん巣立ちした後、自分の子どもを連れて、出ていったはずのテ

リトリーに迷い込んできたら、そこに住んでいる古ダヌキや古ネコは、毛を逆立てて、闖入者を追い払いますよね。ヒトは、文化やことばで取りつくろい、娘かわいさ孫かわいさでつい本心を忘れて、同居しているだけです。

「子どもの頃の母の育て方にずいぶん傷ついた。母にわたしの思いを伝えて、あのときはごめんねとあやまってほしい」◉45歳

これは無理です。母はあやまりません。昔の思い出をほじくり返して、あやまってもらおうと思うのは、娘には理に適っていても、母にとっては考えなしの暴挙です。娘はただ気持ちを伝えてるつもりでも、母にとっては、真正面から、「おかあさんが悪い」と娘に断罪されて、攻撃されるようなものです。攻撃されると、人はみな、ぐっとからだを堅くして、自分を守り、否定、反発、自己弁護、心は何も開きませんから、結局、何も変わりません。（つづく）

結婚

「結婚を考えています」◉25歳

籍入れ結婚、事実婚にかかわらず、結婚は、はっきり言って、苦労だらけです。他人と暮らす。行住坐臥、他人と暮らす。室内で、風通しの悪い密室で、鼻つきあわせて、お金も、家族も、睡眠も、食事も、運命も、ともにする。ぶつからないわけがありません。その上、家の中の仕事は、まだまだ女の方に、重たく重苦しくのしかかってきます。子どもでもできてごらんなさい。家事も仕事も子育ても夫の相手も、ぜんぶ背負って、金はなく、時間に追われて、疲れ果てる。子どもができるとこの苦労だが、できなきゃできないで、周囲からやいのやいの言われ、本人たちも焦る、そういう苦労もある。結婚さえしてなければ、そんなことはないのです。性のところで説明した「自傷行為」の項に、この「結婚」を加えたいくらいです。それでも結婚したいという人は後を絶たない。

そもそも結婚とは何か。

「あたしはあたし」というのがすごく大切だというのは、もう耳タコと思います。「あたしはあたし」がちゃんとできるようになったら、「あなたはあなた」もできるようになる。でも、それができていながら（あるいはまだできていないのに）熱に浮かれて「あたしはあなた」と勘違いするのが恋愛です。そして結婚とは、勘違いした相手の、何もかもを引き受けようという覚悟ができた状態。理想的に言えば、こうなります。あくまでも理想です。現実には、なかなかそうはいきません。

ところが、結婚には麻薬的な楽しさがありまして、何なんでしょう、この楽しさは、たんに相性がいいとか彼が素敵とかなんていう単純なものではなく、人間の根本に、群れたいという本能めいたものがうごめいているからと思えてしかたがない。群れの基本は二。一の次は二。一たす一は二。

でも、無常です。祇園精舎の鐘の音はここにも響く。結婚があるからには離婚もある。もう、救いがたくある。回避するには、慣れとあきらめが必要です。わたしは、昔はそれじゃだめだと思っていました。今は、それでいいんだと思っています。（つづく）

同居・同棲・内縁・事実婚

「結婚する意味がわからない」◉30歳

わたしは、結婚はもちろん、同居・同棲・内縁・事実婚と、結婚の周辺形態を一通りためしてきた人間です。実感からいきますと、同居から事実婚の方角へ、少しずつ社会的認知度が高くなっていって、最後に高い柵状の枠を、エイッと跳び越えて結婚に至るという感じです。もちろん、同棲でも、事実婚でも、これがわたしのパートナーですとはっきりとよその人々に紹介できるところは、結婚している男女とあまり変わりません。この「人にどうどうと言える」っていうところが、不倫と決定的に違います。たぶん「力」の論理と思います、自分のテリトリーはここことおしっこひっかけて誇示しているような。誇示して、なにがしかの快感を得られるわけです。

エイッと枠を跳び越えて結婚となるわけで、その枠のあるなしは大きいんですけれども、枠はどしどし壊れていくし、壊れたら外に出なきゃならないし、気にしなければ枠は無きに等しいというのも、また実感です。

もちろんこれはわたしが、この性格で、この商売で、その上、今は外国暮らしをしているというのが影響しているでしょう。二十数年前の日本社会では、事実婚でも、いろいろと不便がありました。親戚や、通りすがりの人や、領事館の人、ご近所の人、それからわたし自身の母親に、かなり反発されました。わたしも若くて、無謀で、理想を追い求めていましたから、そういう反応に敏感に反応してました。今は、もう家族も散り散りになり、守るものはなくなり、老いて穏やかになりまして、万事どうでもよくなっています。喉元過ぎればなんとかです。

今も、わたしはカリフォルニアで、事実婚で暮らしているんですが、外国暮らしでの事実婚は、まったくお勧めできません。なにしろ結婚した相手でないと、配偶者ビザが出ないのです。わたしの持っているビザは、自力で、必死で、取得したものです。その折に、米国領事館の人に、結婚してないことについて、ねちねちいやみを言われたなあと、実は少しだけ根に持っています。

カリフォルニアでも、結婚と事実婚では、できることに微妙な差がついています。結婚していれば、財産の相続ができるし、所得税の申告や保険の加入も共同でできるし、いざとなった場合のパートナーの治療方針に決断を下すこともできる。わたしのパートナーは高齢なので、そのへん、とてもリアルに不便さを感じています。

今、同性愛者の結婚が認められつつあります。アメリカは州によって合法だったりそうじゃなかったり、まちまちだったのですが、二〇一五年の六月にとうとう最高裁が合憲だと判断して、全州で合法化されました。これまでの同性愛者たちの苦労が、しみじみとしのばれます。

数年前に、わたしの娘が結婚しました。結婚すると言い出したときには、しかも姓も変えると言い出したときには、驚きました。なんで？　なんのために？　と思わず聞いちゃったくらい。すると娘が言うには、今まで一人で生きてきたが、これからは二人で生きていくから、心機一転、結婚して姓も変える、と。そして、結婚して、二人の姓をくっつけて新しい姓を作り、二人ともそれを名乗りはじめました。その後子どもが生まれて、子どももその姓を名乗っています。日本語と英語が融合した不思議な姓です。姓を名乗る意味が、従来の日本的な結婚からはまったく違う、個人的な理由にすり替わってしまったようで、すがすがしいことだと感心しました。

枠は、あればきゅうくつですが、なければないで、どこまで壊せるか、どこで止めるか、自分で考えないといけません。たいへんではありますが、考える価値のあるたいへんさです。

（つづく）

妻と夫

「夫の考え方にむかつく」◉35歳
「わたしの言うことにいちいち反対する夫にいらいらする」◉41歳
「夫は自分のことばっかりなんです」◉32歳
「義父母との関係も夫が原因で悪化した」◉43歳
「別れたい」◉40歳

話し合いましょう、夫ととことんまで話し合いましょうと、わたしは昔、しきりに言ってたんですが、この頃は言うのをやめました。今はむしろ、夫婦の問題は話し合えないと思っています。話し合えないから夫婦なんだとも、話し合わないから夫婦をやっていられるのかもしれないとも思っています。

うまくいかなくなった夫婦は、そのまま根腐れしていっていつか別れるかと言いますと、そうでもない。何もかもあいまいなまま、好きでもなく、別れるでもなく、小競り合いをくり返しながら、ごはんを食べたり、セックスレスになったりしているうちに、お互いに年取って、関係も変わっていくんですね。

年取ったら、話し合わなくても、意見の食い違ってるのがまとまらなくても、それでよくなることがある。あいまいにのらりくらりやってるうちに、離婚という、おそろしく痛くてつらくて面倒くさいことから、逃れられることになる。

その長い、なが——い間、どうやってのらりくらりするかといいますと、正面から相手を問いつめないことですよ。問いつめない。追いつめない。追いつめられると、窮鼠猫を嚙むというやつで、相手は思わず防御するつもりで反撃に出てしまう。するとこっちも反撃されますから、またまた窮鼠猫を嚙む、さらなる反撃を思わずくり返す。百害あって一利なしです。

そうこうしている間にも、相手は一日ずつ年を取り、こちらも一日ずつ年を取り、数年経てば、当事者たちは気がつかなくても、ずいぶん変わる。本人たちも変わる。世界の見方も変わる。お互いの向き合い方も変わる。一たす一は二、ではなく、二かける二は四、でもないのでありました。（つづく）

離婚

「離婚して一年経つのに、まだ苦しくてたまりません」●33歳

離婚から立ち直るのには、四年かかると思ってください。当社比と言うのかしら、わたし自身の体験です。

わたしは、かなりいい加減な人間です。ずぼらで、がさつで、ぐうたらなんです。けろりとして、前向きに生きていかれると思っていました。ところがどっこい、そうはいかなかった。前向きは前向きだったんですが、なんとなく元夫のいなくなった家（キープしてありました）に近寄りたくない。だから近寄らない。結局、家に戻れるようになるまで四年かかりました。その間ほったらかしで、家はずいぶん荒れ果てましたけど、いやなものには近づかないという動物の本能にしたがって生きていけば、心がかき乱されることはありません。人並みに心に傷がついてることなど、気がつきもしませんでした。気がついたのは、癒えてからです。

夫が銀行員と不倫して離婚したせいで、そのあと何年も銀行に行くのがつらくてたまらなかったという人もいます。夫が出て行った後、六、七年経ってからやっと彼の物を捨てられたと

いう人もいます。見るのも考えるのもいやだったと、その人は言っていました。心の傷はほんとに時間がかかる。目で見えない傷ですけど、四年かければ(人によります)きっと癒えます。ゆっくり癒やしてやってください。(つづく)

子どものいる離婚

「離婚を考えていますが、子どものことが気になります」◉32歳

子どもは、離婚がきらいです。親がどんなにケンカばかりしていても、離婚してしまえとは思いません。子どもにとって親の離婚とは、地球の消滅に等しいのです。しかし、地球を消滅させても、ときに、親は離婚しなければならないことがある。

子どもにきちんと納得してもらうためにも(うんと時間が経たないと、納得できないかもしれませんが)、自分が「離婚するしかない」と納得する。それが離婚を企てる親の、子どもに対する仁義だと思うんです。それから、やおら立ち上がって、「ついといで」と走り出す。

欠かせないのは養育費、それから実父と子どもの関わりです。妻が別れた夫に会いたくない

という心情はわかりますが、子どもにとって、実父との関わりは持ちつづけていった方が、自分がだれかという疑問を持ったときに必ず役に立つ。もちろん、DVで別れたケースなどは、この限りではありません。

夫婦がいがみ合って、ののしり合って、話がかみ合わなくて、「ああっもうだめだ、こんなとこにこんな男と暮らしてたら、あたしがあたしでなくなっちゃう」、そう思う瞬間がないと、離婚はできないと思います。地球の崩壊に立ち会ってしまった子どもにとっても、親がとことんまで憎みあっていがみあって離婚した方が、しかたがなかったと納得できるんじゃないかと、崩壊させた一人として、ときどき考えます。

「同居している六十代の両親が会話もなく、食事も別々です」◉28歳

同居する家族として、おとなの子どもは口出しするべきです。子どもの出る幕ではないと言われたら、出る幕である、この状態は家庭として健康的でないから、家族がもっと気持ちよく暮らせるようにしたいのだと説明しましょう。口出しといっても、できることは「話を聞く」だけ。たぶん、何かあったんです。どっちかが何かしたか、長年の思いが累積したか。母も父

もつきつめれば一人の人間です。母にはむかつく夫でも、娘には父ですから、娘の聞きたくないことを母は言うかもしれません。同調はせず、ただ聞きっぱなしでいきましょう。家の中に理解者がいるだけで救いです。夫婦の不和など、どうでもよくなってしまうくらいの救いだと思います。ほんとに、親だって一人の人間、いつでも受け止められ、理解されるのをのぞんでいるはずだからです。（つづく）

再婚

「子連れで再婚します。心得を」◉35歳

継父に期待しすぎないということ。もちろん人にもよりましょう。

わたしの実体験を言いますと、継父は役に立たなかった。継父本人はがんばっているつもりでも、子どもについて相談したときに返ってくる意見が、実父なら持ってるはずの全面的な肯定からはじまる意見ではなかった。もっと客観的だった。それでどうしても食い違った。親というものは、全面的な肯定があるから、親なんであり、だからこそ見えてないこともあるかもしれないが、この問答無用の肯定こそ、子どもが一人世間を渡っていく上で、何より心強い味方になるのではないかと思った次第です。

継父は他人です。もともと他人であるというところからはじめた方が、つきあいやすくなります(実の親子だって、もともとは他人からはじめた方がいいということが多々あるのです)。もともと他人なので、それなりの他人行儀があった方がつきあいやすい。とくに連れ子が女の場合は、他人行儀があることで、仲良くもなり、また性的な虐待事故を未然にふせげもするでしょう。

自分が継母になる場合も同様です。もともと他人であるというところからはじめた方が、つきあいやすくなります(実の親子だって、以下同文)。各種民話で、継母は悪役ですが、本来、これらはすべて、実母であります。民話が母について考えつめていったら、毒性の発見やら、母性の過度な神格化や、いろいろとはばかりがあったので、メタファとしての継母を使うしかなかったわけ。こんなイメージに惑わされず、自分らしい継母という生き方を、手探りで見つけていってください。(つづく)

セックスと女

「結婚三年目。セックスが苦痛です」◉32歳
「妻がセックスに応じてくれない。でも、浮気したらひどい目に遭いました」◉36歳

性の不一致。ときに夫婦はそれをセックスレスのかたちで表現する。ときにそれは、浮気のかたちを取ることもある。

二人ともセックスしたくないというセックスレスなら問題ないのですが、どっちかがしたくなくて、どっちかがしたいとなると、したい方は生殺し、他のことよりセックスは、断られたときの傷が身に沁みて、みじめさがひとしおです。一度断られたら、もう二度とその人とセックスしたくなくなるくらい、見えない傷が心の底に固まっていくように。

解決の方法はいくつかあります。まず、したくない方が、いやいやセックスに応じる方法。でも、不満は残る。したくないのを無理やりしてますと、させられる感が強くて、どうしても「相手にひたすら媚びへつらってるような感じで、自分の生活とは言えない」と思ってしまいます。いやいややってるのは相手にも伝わって、「ばかにしないでよ、哀れんでしてもらうく

らいなら、してもらわなくたっていい」みたいなことも思ってしまう。それでも、夫婦の間は、たぶん、した方がしないよりいいんです。

それから、セックスしたくない方の気持ちを尊重して、しないまま、暮らしていく方法。したい方は生殺しですが、我慢しているうちに、もしかしたら、セックスなしでも生きられるかもしれません。……もしかしたら、生きられないかもしれません。

それから、セックスしたくない方が、セックスしたい方に、外でセックスしてくるのを許す方法。したくない方はしなくて済む、したい方はちゃんとできる。しかし、これで心の平安が保たれるかと思いきや、保たれません。性欲は処理されても、自分のテリトリーをよその女や男に侵されてしまうからです。

五十代後半になれば、どんなに荒ぶる性欲もだいぶ収まります。そこまでどうにかして待っていられれば、ずいぶん楽になるということをわたしは知っているんですが、今、二十代や三十代の当事者は、あと何十年も、セックスしたい、したくないという思いを抱えて暮らしていかなくちゃならない上に、将来を見とおす力もない。

そこで第四の方法。いっそすぱっと離婚して別の相手とやり直す。相手を換えれば案外うまく行くことかもしれないからです。

もちろん相手との相性は、セックスだけが問題ではない。考えること、感じること、成長歴、好きな本、好きな音楽、好きな食べ物、すべてに渡り、セックスの問題だったものが、人生の中で、いったい何を大切と思い、何を捨て、何を選び取るかという問題にすり替わっているわけです。(つづく)

家事(台所)

「夫と家事を分担している。台所だけは手放したくない」◉31歳

台所の流しには、一つの穴があるでしょう。固形物が流れていかないように、網目のふたが被せられていたりしますが、水も汚水も流れていく、真っ黒で、ときに手入れが悪くてぬるぬるしている、あの穴です。この穴がいろんな力を吸い込んで、いろんな力を生み出してくると、昔から思っていました。

それから、炊事の単調な手作業があるでしょう。米をとぐ、ねぎを刻む、麺をゆでる、あのくり返しの手の動きから、忘れていた感情がふっと蘇ってきて、わたしたちを揺さぶるとも思

っていました。

わたしたちは長い間、女だなんだと言われて（実際、女なんですが）、家の中に閉じ込められてきましたけど、この穴と炊事の力があったからこそ、しのびがたきをしのんで生きつづけてきたのだと思います。家事は分担したい。でも炊事だけは手放したくない、わたしもまた、長い間そう思っていました。でも相手も、その力に気づいたようです。そしてある日とうとう手放すことになりました。女の支配力は、そのときを境に弱まっていったような気がします。男の自立もそのときはじまったような気がしますから、これでいいのかもしれません。

結婚式

「無駄だと思ってます。なんのためにやるのかわかりません」◉32歳

わたしもそう思ってます。でも、なんのためにやるのかはわかります。共同体、信仰、家族、そういうものにとって儀式は大切。それに加えて、見栄とか、親の意向とか、一世一代のパフォーマンスとか、引き返さないための決意表明とか、気持ちの区切りとか、やらねばならない、

いろんな理由があります。わたしは二度結婚しましたが、一度目は親や親戚の手前、二度目は共同体の手前、それぞれ小規模な結婚式をしました。もう充分体験したので、今後は、何度結婚しても、結婚式はやらないでしょう。

良妻とか賢母とか

「良妻にも賢母にも失格です、とほほ」◉34歳

みなさん、そう思っていますよ。母の呪いの「いい子」より「良妻賢母」の方が、わかりやすくて反発もしやすくて気楽です。失格するところから、何かがはじまります。

「お姑さんから、『妻失格』の通信簿を実家の母に送られました」◉30歳

ここまで愉快なお姑さんなら、話はかんたんだ。目指すべきは合格ではない。失格のその先、あるいは別の方向。お姑さんを、ただの気楽な「年上の友人」と思ってごらんなさい。

浮気と不倫

「夫が浮気をしています。まじめな夫です。本気じゃないとは思うんですが」◉33歳
「夫が同僚と不倫をしていました」◉42歳

浮気と不倫の違いは何か。まず確実な違いが、浮気は、結婚しているかいないかは問題にならないこと。ステディな関係の片方がよそに別の関係を作ると、それを浮気と呼びます。そして不倫は、片方ないしは双方が結婚していること。つまり不倫は浮気ですが、すべての浮気を不倫とは言えません。

さらなる違いは、不倫の方が本気度が高いこと。浮気は文字どおり、浮わついた気持ちです。裏切られた妻からしてみると、まだ何とかこの場を収めたいから、希望をこめてそれを「浮気」と呼び、必死になって既婚男を奪い取りたい女の立場に立つと「不倫」と言いたいのではないか。自分のも相手のも、家庭を壊すつもりはないが、既婚男の存在に生気を与えられたようになっている既婚女の場合も、それは浮気ではなく、不倫と呼びたいわけです。そして、夫

のやっていることに不倫ということばを使うと、それだけで、事態は深刻であるということがうすうすわかってくるのであります。

とにかく、夫の浮気に悩む女たちよ、以下をしっかり心して。セックスには感情がともないます。新規の相手との、新鮮なセックスならば尚更です。ただの浮気でやれるものかどうか、想像を働かせればすぐわかる。しかしながら、どんなに感情がともなっても、家族持ちの男はたいてい臆病な根性なしで、家族を捨てる、一からやり直す、自分が悪者になる、などの決断をなかなか下せません。だからそんなに悲観しないで。肝心なのは、ケンカ両成敗の心意気で、夫の非をつきつめすぎないことです。問題はもっと別の、夫婦の間の、奥深いところにある。そこから目をそむけちゃいけません。（つづく）

問答無用の離婚

「お酒が入ると暴力をふるう夫」◉40歳

わたしが問答無用に離婚を勧めたいのは、ＤＶ夫です。今すぐにでも離れたい。同居する男に暴力をふるわれていたら、自分らしく生きていかれるわけがない。

「夫が結婚前にした借金のせいで、ずっと家計が苦しい」◉37歳

それから多額の借金夫も、離婚しかないんじゃないかと思っています。家庭は自分のテリトリーで、安全で安心できるところのはずなのに、外から来る敵に、つまり借金取りやお金がないという不安に、いつも怯えて暮らしていかなくちゃならない。

「夫に浮気相手を紹介されました。悪い人じゃないと知ってほしいというのです。一体どう対処すれば」◉35歳

あっぱれな夫ですが、離婚です。夫の人生に責任を持ったり義理を感じたりする必要はさらさらありません。自分をおびやかす女の影がちらついていては、おちおち暮らしていられません。「あたしはあたし」そして「あたしは強い」で、どうどうとしていられるのが、自分のテリトリー、すなわち家庭のはずですから。（つづく）

マザコン

「夫がマザコン」◉33歳

一つの家庭に年取った犬が飼われていて、そこに新しく若い犬を飼いはじめるとします。そのときは、何につけても、先住犬優先が原則です。ならば人だって、前から息子との関係を作っている母を優先というのが本筋か、というとそうではない。この関係においては、優先されるべきは妻、母は後回しでなければならないんです。つまり、先にいた犬と後から来た犬の平和な同居をめざしているのではなく、テリトリーの世代交代をめざしているからです。この男を支配するのは、もといこの男の配偶者は、妻であって、母ではない。

男たちに言っておきます。息子が母に、ごくすなおな息子らしい愛情を表現しただけで、妻には、マザコンじゃんと思われます。李下に冠を正さず、瓜田に履を納れず、これは母と妻の関係というより三角関係であると認識して、母の息子への執着は、息子本人が、失望させるなり反抗するなりして断ち切っておかねばならないんですけど、できるでしょうか?

妻たちに言っておきます。今は小癪に障るマザコン夫ですが、数十年後、マザコン息子だからこそ、介護する孝行息子に変化する。みんなの役に立ってくれる。つまり、多少のマザコンは大目に見ておいた方が将来のためであるのです。

嫁と姑

「家族の集まりがあるたびにすごく気が重いです」◉29歳

「帰省した息子一家の世話でくたくたになったのに、お礼の電話一つなく、それを言ったら嫁と険悪になりました」◉62歳

「義母とつきあいたくない」◉38歳

ここでは、あえて、夫の母、息子の妻というPC(Politically Correct 差別的でない)なことばを使わずに、嫁ということばを使います。

天敵です。嫁は姑の。姑は嫁の。お互いがお互いのテリトリーを荒らす闖入者ですから、いたしかたありません。

本人だけじゃない、家族もひっくるめて引き受ける。それが日本の伝統的な結婚観でありました。今も、ある程度、そんな感じ。女は格下。女は家に。そういう考えも、まだある。女の子を育てる文化と男の子を育てる文化の違いも、まだある。違わなくていいのに、違ったまま、まだ直されていない。悲しいことですが。

結婚の最大の苦労はココです。今まで「あたしはあたし」が人生の命題だった。はじめは他人だった夫も、いつのまにか日々の暮らしの中で慣れて、彼の前で「あたしはあたしよ」と生きる方法をつかめてきた。ところが、姑をはじめとする夫の家族の前に出てみたら、自分ははじっこのすみっこに追いやられ、「あたしはあたしよ」で生きられないというところなんです。

対処の方法は、古典的な方法ですが、やはりこれしかありません。すなわち、相手は変わらないと思い切ること。まず、自分が変わること。

盆に正月、法事に慶事と顔を合わせ、文句を垂れ流しながらやり過ごしているうちに、自分も姻戚も老いていく。死んでいなくなる人もいる。新しく加わる人もいる。老いて、穏やかになってつきあいやすくなっているか、頑なになってつきあいづらくなってるか。いずれにしても、人も、人の関係も、変わっていくはず。時間はかかりますが、その変化が救いです。

実家と生家

「実家と生家は、どう違いますか」◉27歳

夫の生まれた家を生家、妻の生まれた家を実家といいます。養子の男の場合も、生まれた家を実家といいます。それが正しい日本語だと思って使い分けながらも、そこにある微妙な差異にイラつきます。イラつきますけど、心のどこか、奥の方で、その差異があり、イラつきがあったから、わたしたちはなにくそと底力を発揮してこられたんだなと思うんです。

お墓

「妻が僕の家のお墓に入りたくないと言って泣きました」◉33歳

妻の気持ちは切実です。実は、わたしも、結婚していた頃、婚家の墓にはぜったい入りたくないと思っていました。でも、策を講じる前に離婚してしまったので、悩むこともなくなりま

した。策なら、いろいろあります。家のお墓に入らずに一人用のお墓を作るとか、お墓に入らずに散骨してもらうとか。

夫として為すべきなのは、妻の反乱を受け入れることです。妻が日々感じている、婚家での違和感、その立場の心許なさ、窮屈さを共感することです。それらの集合として、お墓が、泣くほどいやがる対象になっているはず。

そもそも妻がお墓に入るのは、順当に行けば今から数十年後。お墓に関しては、今よりずっと柔軟な世の中になってるような気がします。妻も、今よりはずっと婚家になじんでいるかもしれません。

••••••••••••

夫の尻ぬぐい

「夫が人と協調できません。主治医や夫の家族には温かく見守ってあげてと言われていますが、夫の尻ぬぐいと子育てに、わたしは限界です」◉35歳

わたしの立ち位置はあなたの隣、あなたの姉、ないしは叔母とか年上の友人とか、そんな感

じです。そして言いましょう。自分のことをもっと大切にしなよ、別れたっていいんだよ、相手を支える人生もいいけど、自分の人生を自分らしく生きることだってできるんだよ、と。

ギャンブル夫。アルコール夫。浮気夫。DV夫。協調できない夫。支配の好きな夫。まだある、いろんな夫たち。それぞれ、夫本人は悪くない。それぞれ、夫は病気や病的な性格にとらわれているだけなんだと考えることができる。支えることこそ妻の役目、と人もあなたも考えるかもしれない。でも、この立ち位置で相談に乗るならば、それでも添い遂げるんだよ、いばらの道だけどがんばるんだよ、とは、とても言えませんし、言いたくもありません。

自分には自分の道があるよ、もっとニコニコして、パートナーと対等に人生をやっていける道が、とわたしはあなたに言いましょう。

父親の死

「夫がうつで、自ら命を絶ちました。子どもにはどう伝えれば」◉35歳

父の死因は隠さなくていいんです。子どもがいずれ理解するようになったとき、隠した＝悪

いことと思わないようにしたいです。誰だってうつになる。うつになったら、自死を試みる人もいる、そういう病気です。父が悪いわけでもなんでもない。今は幼すぎて、まだ自死とは何か、どんな苦しみがあるのか、母がどんなにつらい思いをしているか、理解できないはずです。とりあえず今は、「お父さんは精一杯生きた。病気にかかってしまった。ときに人はその病気で死ぬのだ、精一杯に生きた結果の死であった」ということを、平易なことばで誠実に伝えていくのがいいと思います。

婚外の関係

「真剣に好きな人ができました。その人にも家庭があります。わたしは夫と別れる気はありません。このままじゃダメですか」◉40歳

別にいいんじゃないですか？　だらけた日常にカツを入れるいい手段です。夫しかいない妻よりもずっといきいきと、夫とも仲良くいきいきと暮らしていけると思います。

問題は、このような関係が、おうおうにしてバレること。バレるとテリトリーを侵されたと

夫は感じ、相手の妻も感じ、嫉妬に悋気にジェラシーが絡まり合いまして、それぞれの夫婦の仲はうまくいかなくなります。つまりバレなければいいわけです。

コツを少々伝授します。

外泊しない。携帯で連絡しない。クレジットカードを使わない。コンピュータは自分専用を持ち、厳重なセキュリティ管理で他人(妻ないし夫)の侵入を阻止する。夫(妻)に疑われてもダンコ否定しつづけなければいけないのは、夫(妻)はその否定を信じたいと、心の底で思っているからです。まだいろいろとあるんですが、岩波新書という場所を尊重しまして、中略しつつ先をつづけますと、不倫相手にたいしたことを期待しない。相手の家族は尊重する。相手にこっちの家族も尊重させる。いつか二人で何々をしようなんていう甘い夢は見ない。老いてからだが不自由になったら、そのときは潔く、それぞれの家族の元に戻る覚悟で。……ここまで徹底すると、たしかにバレませんけどね、いったい何のために関係を持ちつづけるのかという話になります。

女友達

「気がついたらみんな既婚者の子持ちで、会うと子どもの話ばかりです、わたしは独身」◉36歳

女友達のつきあいは不変というわけではないのです。双方が求め合う気持ちや環境があるから、つきあいが生じる。生活、興味、環境が変化すれば、合わなくなるのも当然のこと。今はつきあいが途切れても、またお互いが必要になれば、数十年のブランクなどなかったように、よみがえります。（つづく）

嫉妬の相手

「夫が私の友人とつき合っているようです。どうしても友人の方が許せない」◉30歳

女の嫉妬は、どういうわけか夫や男に向かわず相手の女に向かう。六条御息所が呪い殺した

のは、光源氏ではなく葵の上です。メデイアが焼き殺したのも、夫のイアーソンじゃなくて相手の女(名前忘れました)。お岩さんは、夫の伊右衛門も殺したが、その前に相手の女のお梅を殺した。嫉妬とは、自分のテリトリーが侵されていると感じる怒りであります。男がちょこまか出たり入ったりしたってそれは不問に処します、何より大切なのは子孫繁栄だからです。……ネコやタヌキならそういう論理ですが、わたしたちはネコでもタヌキでもないので、夫にもむかつき、怒り、ときには離婚に至るわけ。

男友達

「(セックス抜きの)男友達がほしいのですが、なかなかできません」◉28歳

そこに到達するには二、三十年早いような気もしますが、昨今の男たちは性的にサッパリしてる人が多いそうですから、あるいは見つかるかも。日々の努力を怠らないように。

親の気がかり

「高校生の娘が音楽を志していると言うわりに努力をしません。安易で呆れています」

◉40歳

子どもというのはお気楽そうに見えて、けっこう真剣に考えています。でも人生経験が少ないので、対策は穴だらけ。人生経験の足りなさがいちばんあらわれるのは、どれだけ努力すればいいかという見積もりで、たいていはすごく低く見積もっているわけです。痛い目に遭って初めてわかると突き放す方法もありますが、あえて、ガミガミ口うるさく言う方法をお勧めしたい。親が自分のことを心配していたという記憶をしっかり植え付けておいた方が、長い目で見たら、子どものためになると思うんです。自信を持って、どうどうと、自分らしく、口うるさく。いやがられますが、へこたれることなく。ただし、ガミガミ言いつつ、どこかでエイッと目をつぶるのも、親のスキルです。

自分に向き合う
若くない女

女の装い

「鏡を見ると老けてるのに気づいてぞっとします」◉56歳
「しみ・しわ・白髪・脂肪」◉54歳
「この頃、服を買いに行っても、何も似合いません」◉52歳

更年期の女の肉のつき方について。一定のルールがあるようです。上腕につく。肩の後ろにつく。背中につく。下腹と腰回りにどんとつく。ついた肉にうろたえていると、次々に目に入ってくるのが、しわ。白髪。首のたるみ、老けた顔。

その頃、今まで買い慣れていたお店の服が似合わなくなっていることにも気づきます。顔が老けたせいと、体型が変化したせい。もうかなり前から、ウエスト回りはゴムであります。求めているのは、何より、着心地のよさと自由さです。

さて、更年期のファッションは、次のようなタイプに分けられるようだとわたしは観察しました。

風呂敷型。全身をゆるめにおおい隠す。袈裟型、割烹着型とも。猛獣型。押し殺してきた内なる欲望を、今、解放するため。少女趣味型。花柄のひらひらは永遠の夢。攻撃型。プリーツものに代表されるキャリアな服。かっちりした印象で攻撃性を高めます。民族衣装型。和風の伝統に回帰するのもよし、エスニックに逸脱するのもよし。大地型。アースカラーと言えば現代風ですが、細かい柄のくすんだ色の巣鴨色も、これに分類されます。

若作り型。スキニー体型を維持できている場合にほぼ限られますが、不自然で痛々しい印象がなきにしもあらず。やはり若くない女は、それなりに肉がついていていいのかもしれません。

これらの各種タイプ軸に、金をかけるかけないの価格軸が加わって、更年期の女たちのさまざまな「自分らしさ」が成り立っていくわけです。(つづく)

●●●●●●●●●

美容院

「白髪が目立ってきて、染めるかどうか迷っています」◉58歳家の鏡は、魔法の鏡。長年自分を映しているうちに、自分が見たいものしか映らないという特性を持つようになっています。日々そこに映るのは、昔と変わらぬ自分の顔。ところが、美容院の鏡は、そこに今の自分をなまなましく映し出す。それは今の自分というより、老い果てた母そっくりで、いや母じゃない、自分だと納得するまでの一秒未満の恐怖といったらありません。

思わずぎくりとします。

さて、髪ですが。更年期になりますと、女たちは髪を切り、宝塚の男役みたいな短髪になっていく。理由を探しもとめていたところ、行きつけの美容師が話してくれました。パーマも、白髪染めも、ともにとても髪が傷むので、この年齢になると、白髪染めを優先して、パーマをやめて、カット技術で形が整うショートにするんだそうです。でも、観察していると、なんだかそれだけではない。

長い髪の毛は、女でした。女らしさでした。つまり女としての武器でした。月経と同じように、うっとうしかった。取り扱いが厄介で、洗ってもなかなか乾かない。運動しててもじゃまになる。セックスしててもからだで踏んづけて痛い痛いと騒げば気が散って萎える。夏は暑い。

美容院代は安くない。その上黒いから、見た目に妙に重かった。髪が重いから、なんだか自分の存在も、体重も、生き方も、不必要に重苦しく感じてきた。それでも、伸ばしてきた。武器だったからです。

それを、今、切り捨てる。色が、存在も、軽くなる。洗ってもすぐ乾く。いくらでも洗える。それまで離れられずにきた女らしさを、月経とともに、捨てる。何かに向かって、空にかもしれない、社会にかもしれない、夫にかもしれない、とにかく「女らしさ」を叩きつけているような爽快感がそこにある。（つづく）

•••••••••••••••

母と娘

「一年ぶりに会ったら、母が驚くほど衰えていました」◉49歳
「わたしは独身で、同居母の介護のただ中です」◉55歳
「ひどい母でした。それでも介護をしなくちゃいけないのか」◉50歳

結婚した女もしなかった女もいる。母になった女もならなかった女もいる。妊娠した女も妊

娠しなかった女もいる。授乳した女も授乳しなかった女もいる。乳房を摘出した女もいる。乳房がしなびて垂れている女もいる。いろんな女がいるけれども、娘でなかった女は一人もいない。老いない親も一人もいない。これはみんなの問題です。

介護の基本はただ一つです。人には人の介護のかたちがある、ということ。

人には人の老い方がある。生き方がある。死に方がある。一人一人の違った子が、一人一人の違った親に、それぞれの事情を抱えて、それぞれに向き合う。つまり、自分のできないことはやらないということ。世間から価値観をおしつけられてはいけないということ。

今どき、親はなかなか死にません。死ねないといってもいいくらいです。死にたくないから、抗って、そばにいるわたしたちにしがみつく。わたしたちは、それをひきずって歩く。ときに苦しみ、ときにいたわり、ときに泣きながら。それが介護です。

だから提案します。ここに至るまでに、親から離れておくべきだ。できることなら身体的に。できることなら別居して。

今ではなく、四十年ほど昔、思いっきり親にむかついたり、たてついたり、逆上した親にひっぱたかれたりしておくと、ある程度の年齢になると、もう親といっしょに住めないと思い、親はこんなやつ早く出てけと思う。そういう体験が一度でもあると、親が老い衰えたときに対処しやすい。親から距離を取ることに慣れてますから、親がしがみついてきたときに、線を引ける。ここまではいっしょに行く。ここから先は一人で、と。

死とは、最終的には一人で行ってもらわねばならないものです。

そしてもうひとつ提案します。一人で抱え込まず、外にむかって助けを呼んで、助けてもらうこと。人が一人老いて死んでいく力はものすごく強くて大きいから、それに立ち向かうには、子一人の力じゃ足りません。ヘルパーさんやケアマネさんといったプロたちは、客観的に老いと死を見つめていて、ノウハウもきっちり持っているのです。

親は、子を愛し、心配してきた。愛するあまりの暴虐であり、心配するあまりの支配であった。今ここで、親は老いて子にしがみついている。でもこの老い衰えた親の頭の中にあるのは、やはりそれでも、子への愛であり、親としての気がかりなんであります。（つづく）

妻と夫

「会話がつづかない」◉48歳
「もうあきらめました」◉56歳
「いらいらがつのっています」◉50歳
「別れたい」◉57歳

あきらめたらそこで試合終了ですよと言いたい気持ちと、あきらめたほうが楽になるとささやく気持ち、二つの気持ちが、わたしの中でもせめぎあっています。（まだまだつづく）

妻の自立と夫の自立

「夫から自立したい。夫はもうすぐ定年です」◉58歳

定年は、いいきっかけです。それまでの夫がどれだけ家事的に無能でも、定年はそれを変え

るきっかけになります。そのときのコツは、「情け無用」。そして「忍耐と寛容」。この二つに尽きます。

数年前に、愛媛県の保険協会で行われた調査があります。老後に夫と暮らすと、妻の死亡リスクが二・〇二倍に高まって、夫は妻がいる場合、いない場合に比べて〇・四六倍に下がったという話です。なんと衝撃的な事実であることか。夫が妻に何もかも頼るからです。妻は頼られないよう、夫から自立しなければなりませんが、妻が自立するためには、まず夫が妻から、家事的に自立をしなければなりません。そしてその自立を、妻は全力でサポートしなければならないと、話はつるつるつるつながります。

さて、ここに、おもしろい事実があります。アメリカの料理本と日本の料理本には大きな違いがあるんです。

日本の料理本は、作り方を、数字を使わずに、慣用的な表現で指示することが多い。でもアメリカの料理本は、さじ加減も、火加減も、時間も、何もかも数字で指示してきます。アメリカ人の方が性格がきっちりしているからではなくて、アメリカの社会にはいろんな文化が混在しているからなんです。本に書いてある料理を作ろうとしても、基本の味を共有してないことが多いからです。たとえばメキシコ系の人がタイ料理を作り、山系の人がイタリア料理を作るなんてことがざらにあるわけですから、何も知らない人を想定して、指示を出していかなければならない。片や、日本の料理本を読もうという人は、ほとんどが、かつぶしの出汁と醬油の味を熟知しているはず。だから指示の仕方も、経験則にのっとって、あいまいになる。

夫もそう。異文化の人間じゃなくても異文化の人間と思って、一から何もかも指示しないとわからない。遅くて、手際が悪くて、しかもまずい。そこで口を出したり手を出したりしてはいけません。妻の寿命が短くなります。モットーは「情け無用」そして「忍耐と寛容」。

おっと相談は、妻の自立でした。ここで説明したのは、いちばん厄介な炊事についてですが、洗濯や掃除もまたそのとおり。自分のものは自分で、掃除も身の回りは自分で、そして生活のお金の行方や出し入れも、自分でちゃんとできるように。いつ二人が一人になってもいいような危機感をもって夫の自立をサポートする。そして、妻は自分の目的を持って、やおら外に出て行くわけです。(つづく)

••••••••••

女友達

「小学校時代の女友達と再会しました」◉58歳

結婚した人、しない人。子どものいる人、いない人。育った土地を出た人、出なかった人。仕事をつづけた人、やめた人。ざっくり分けただけでも、こんなに違う。さらに分ければもっと分かれる。でも、この年になると、だれも産めない。みんな一人。セックスはどうでもよく、みんな介護。しゃべれて、笑えて、理解をしあえる。ほのかなのぞみを持てるのは、女友達ばかりです。(つづく)

セックスと女

「閉経したらほんとうにめんどくさくなりました」◉56歳

わたしが四十代後半にさしかかった頃、七、八歳年上の先輩たちが口々に、「更年期を過ぎるとスッキリするわよ」と言いました。なにしろ獰猛な先輩たちなので、話半分に聞いていたところ、自分もまたその年齢になり、閉経し、ほんとうに、今はこうしてスッキリしています。いいえ、性欲がなくなったわけではありません。でもそれまで、つねにあったもやもやいらいらが薄れ、執着も嫉妬もどこかにすっと消え失せた。つまりある意味、どうでもよくなった。ああ、こんな楽なことが今まであったろうかと思い、年下の女たちに自分の発見を言うのですが、なかなか信じてもらえないのであります。（つづく）

・・・・・・・・・・・・・・

漢（おんな）

「いろんなことに腹が立ってしょうがない。原発。政治家。社会情勢。今の若者。手際の悪い店員。騒ぐ子ども。それを放置する親。文句を言いたくてたまりません」◉51歳

「女友達が頑固な意地悪ばあさんになっていて、ショックです」◉53歳

更年期前後、女たちは、すっかり「あたしはあたし」を手中におさめ、それまで持っていた「恥」という観念を捨て去ります。「恥」がなくなると、悪は悪、善は善と、見きわめるだけでなく、はっきり言える。すると、それまでも薄々持ってはいたが、なかなか実行に至らなかった社会正義が実現可能になる。漢と書いて「おんな」と読む。そういう存在になってくるのであります。

しかしながら、漢たちの陥るワナもココにある。一歩間違うと、自分の立っている立場、自分の持っている考え方に固執して、他に共感を持たない、狭量で頑固きわまりない意地悪ばあさんになりかねません。

若い頃わたしたちが、性生活を生き抜くため、社会生活を生き抜くため、そして家庭生活を生き抜くために、あれほどくり返してきた「あたしはあたし」。それは「あなたはあなた」につながりました。そして「人は人」にもつながっていきました。

●●●●●●●●●●●●

更年期障害

「ホットフラッシュで生きにくいです」◉51歳

「更年期のうつになりまして……毎日がつらいです」◉46歳

ホットフラッシュ、またの名を、ほてり。それは女たちが生々世々、経験してきたことでありますが、今この時代、わたしたちは特殊です。つまり、地球がほてっているのか、自分が温暖化してるのかわかんなくなるという、実に壮大な、地球規模な体験をしているわけなんです。

ほてり、わたしはスイカでしのぎました。アメリカのスイカは大味です。日本のスイカが糖度十二度や十三度なら、アメリカのは二度や三度。甘くなく、種がないから、食べやすい。来る日も来る日もわたしはスイカを食べつづけ、地球規模のほてりをうち冷ましたものです。

しかし更年期のうつは、スイカじゃどうにもならないので、お勧めしたいのがホルモン療法。劇的に効きます。昔の女たちは、更年期で老いを感じたらあっという間に人生おしまいだったんですけど、わたしたちはまだ何十年も生きる。どうせ生きるなら、うつはなく、自分らしく、充実した生活を送りたいと思うんです。ただし、乳がんになる可能性がホルモン治療で少し高まるそうで、定期的な検査をしないといけません。

年を取る

「いくつから『おばあさん』と呼ばれるものか」◉65歳

カリフォルニアの文化になじんでしまうと、日本における女の年齢の受け止め方には違和感を感じます。女は、日本の方が年を取るのが早いようです。あるいははやばやと「もう年」と自分で観念してしまうようです。年齢による分類や制限が多く、それをいいだくだくと受け入れる傾向があるようです。

カリフォルニアに来て、六十の女を年寄り扱いしたら、まず、生きて日本に戻れないと覚悟してください。ここでは、五十の女は中年で、六十の女も中年です。七十の健康な女は年長の中年です。中年として社会にかかわり、自分をみがき、遊びます。八十も過ぎ、あちこちに故障を感じはじめてやっと、女たちは自分が「年取った女」であると自覚するようになりますが、健康で元気ならば、八十でも九十でも、ただの「元気な女」です。

カリフォルニアは、空は青いし、いつも日照りで乾いているし、文化は脳天気で前向きすぎて、複雑さと陰影に欠けますし、資本主義は弱肉強食で、食べ物の量は多すぎます。でも、女が人間として自分の人生を生き抜くには、自由なところです。

………

無常

「むなしくてたまりません」◉52歳

この感情を、宗教的な高みに押し上げるといいのです。「般若心経」というのが、それを宗教的にまとめあげたお経です。なにごとも同じところに同じようにとどまっているものは無いのだと考えます。今の瞬間と次の瞬間、吹く風も、ゆれる草木も、流れる水も、ちがう場所にある。人も、犬も、石も、ケーキも、同じ存在ではありえない。同じ感情でも、むなしいと表現するより、人生の真実に近づけるような気がします。

そのむなしさが、ちょっと過剰である。いつまでも心から離れて行かない。生活しにくくてたまらない。なんだか自分が自分じゃないようだと思えたら、うつを疑って。ホルモンのバランスがくずれたせい、甲状腺の不具合など、うつを引き起こす原因はいろいろあります。婦人科、内分泌代謝科、心療内科、鍼灸その他、解決方法もいろいろとあります。

中年危機

「家庭も仕事も、ほんとに今のままでいいのかという疑いが……」◉38歳

ここで一歩を踏み出すと、焼け野原になります、人生が。

踏み出せないで引きこもる思春期の人々の脳には、なんとかいう化学物質が足りてないと聞きましたが、中年期の人々には、同じその物質が多すぎるんじゃないかと思うことがあります。わたしの観察するところ、更年期よりは、やや前倒しで来る危機です。

守りに入っていい年なのに、家庭にも自分の仕事にも世間にもパートナーにもセックスにも自分にも、なんか不満で、なんか落ち着かなくなり、このままでいられなくなり、飛び出してしまいたくなる。でも守らなくちゃいけないものはあるから、その思いをひきずって思い悩む。一歩を踏み出して後悔した方が、踏み出さずに後悔するよりもいいのではないか。たとえ焼け野原になっても、そこをずんずん歩いていった方がいいのではないかと衝動的に踏み出すと、たいてい後悔します。

歩くのが焼け野原でも緑の野原でも、たどり着くのは更年期。焼け野原よりさらに何にもない、風の吹き抜ける場所なんですが、それを荒涼と見るか、開けた楽しい場所と見るかは、本人次第です。

心身の不調

「骨粗鬆症の診断を受けました」◉65歳

ほてりや冷え性は実感しますが、骨粗鬆症は、ぽきんと折れたりしないかぎり、わたしにも実感できてないのです。高血圧も甲状腺もビタミンなんとか欠乏も血糖値も把握したいと思っていますが、数字に出たりひっこんだりするだけで、実感できていないのです。せめては小魚や乳製品をせっせと食べて、ないしはカルシウム錠で補って、身体の強度と柔軟性とバランス感覚を運動で鍛えながら、生きていくしかありません。

「高血圧と高血糖値がみつかりました」◉47歳

脳卒中や心臓疾患や腎臓疾患や糖尿病が、寝たきりの老後や、人工透析を受けつづけなければならない老後が、現実味を帯びて、ひしひしと近づいてきたわけです。未来は、今後の養生にかかっています。

●●●●●●●●●

運動

「何からはじめたらいいでしょうか？」◉46歳

よく聞いてくれました。話したくてうずうずしていました。運動というと、中学高校の頃のいやな体験を思い出すので、エクササイズということばを使います。

わたしは肥満児だったせいもあり、運動は大っきらいでした。でも、おとなになってからはすっかり運動好きになりまして、たまにやってくる心身の危機には、たいていからだを動かすことで対処しています。それで、各種エクササイズにはやたらとくわしい。その中でも、更年期前後の女たちにぜひお勧めしたいのが、コレ。ズンバであります。

ラテン系の音楽にのって腰を振って踊りくるうエクササイズで、根本は「腰を回す」「筋トレ」、そして「明るくて楽しいお祭り騒ぎ」。若い女というよりは、四十代五十代六十代、そして七十代の女たち、自分をありのままに表現できるようになった女たちがハマるエクササイズのようです。

ほぼ女がやってるので、女同士の連帯感も味わえ、カロリーの消費量も多く、腰を回して骨盤底の筋肉も、ケーゲル運動で膣まわり肛門まわりの筋肉も鍛えられて、高齢女にとっては大問題である尿漏れその他の予防にもなり、柔軟性とバランスも鍛えられるので転倒防止にもなる。その上、動きは激しいのに、飛んだり跳ねたりが少ないから、膝に負荷がかかりにくく、何も強要しないラテンな雰囲気が根本ですから、一人一人が自分の能力に合わせて動けて、無理をしない。つまり、故障がとても少ないのです。若い女は激しく、高齢女はゆるやかに、自分なりに楽しめるというわけです。

今さら腰を回して踊りくるうのはどうも……という人は、ヨガ、ピラティスを。地に足をつけて(ズンバはついていない)、からだと心を目いっぱい開くんです。

近所にそういうのをやってるジムがないという人は、万歩計を持って歩きはじめましょう。流れる雲、そよぐ風、啼く鳥に路傍の花々、この楽しみは奥深く、どこまでも行ける上に、四季の移り変わりを観察することは、無常感を考察するのにとても役立ちます。

子離れ（空の巣）

「一人息子が家を離れたら、妻が不安定に」◉53歳

理想を言えば、ここで夫が心を入れ替えて、妻とともに生きようと決意し、うるさがられても話しかけ、いっしょに出歩き、こまめに触れ合い、セックスし、若かりし日の関係をそっくりそのまま取り戻すことができればいい。いやナニ、理想以前の、ただの幻想ですが、そんなことができるといいですねと、夫には答えます。でも、同じ相談が妻から来たら、立ち上がって外に出て、ズンバをはじめることをお勧めします。ないしは犬を飼う。ないしは猫を飼う。ないしは植物を育てることをお勧めします。でなければ、テレビや映画の若くていい男に夢中になることをお勧めします。

引きこもりの子

「子どもが引きこもっています」◉50歳

子どもというものは、自立して家を出ていく。わたしたちはそう思い込んで生きてきましたが、もしかしたら、そんな行為は、ごく一部の地域でほんの一部の人たちがやってるだけ。出ていく子はいるけど、出ていかない子もいて、成熟する子も成熟しない子もいて、それはそれで、どんなかたちでも、みんなてきとうに暮らせていくんじゃないか。そう考えたいと思っています。

思春期のときは、見つめよ、向かい合えとわたしは言いました。親に助けてもらいたがっているから、見つめてやって向かい合ってやって、身体的な接触も辞さず、リードしてやる。それが思春期の方法と思っています。でも、もう心身がそだちあがり、何年も同じ状態で固まった人たちと親たちを見てますと、そうではない。

それでもわたしは思います、きっと子どもは、どんなおとなになっても親にはほめられたいのだ、と。

だから、まあ、先のことは考えず、将来どうするんだ、なんてことも心に思わず、もちろん子どもにも言わず、今日と明日、おだやかに暮らせればいいみたいなつもりで、子どもに向かい合ってみたらいいんじゃないか。

おだやかに暮らす。受け止める。そのあたりが、引きこもる子どもたちのほしがってるところじゃないかと思えてしかたがありません。

昔々、座敷ワラシという妖怪がいたそうで。座敷ワラシがいると、その家は栄えると人々は考えたんだそうで。それはこの子たちかもと思える一瞬、民話ならではのリアルを感じます。

夢中

「母親がジャニーズにハマって、家中がポスターだらけ」◉23歳

お母さんはハマりやすい性格とお見受けします。ジャニーズにハマる以前にも、なんだかんだといろんなものにハマってきたのではありませんか。そしてそれはたぶん、俳優とか歌手とか、若くていい男が多かったのではないですか。もしそうならば、お母さんの欲望処理能力は実に高い。パートナーに対する支配欲(満たされることはあまりない)、息子に対する支配欲(これもほとんど満たされない)をきっちり抑えて生きている。酒とか薬物とかギャンブルとかにハマらずに、ジャニーズという実害のなさそうなものにハマるところに、お母さんの地に足

の着いたたくましさが見て取れます。放っておきましょう。……実は、うちも一時期そんなふうで、岡田准一くんだらけでした。若い頃の岡田くんです。人がわたしの岡田好きを知って、ポスターやら何やらをくれるので、つい仕事場に貼ってしまう。それだらけになる……。他意はないのに娘たちにはいやがられました。でもほんとに他意はぜんぜんなかったのです。

••••••••••••

孫

「孫がかわいくて」◉59歳
「孫の世話を頼まれます。疲れるのでいやなのですが断れなくて」◉65歳

わたし自身、立ってるものは親でも使えと、さんざん親を酷使してきました。まず当然のように里帰り出産（わたしは熊本、親は東京）。熊本から東京に出てくるたびに親に預けて仕事（打ち合わせとか朗読会とかだったので、親には遊んでるように見えたはず）。熊本に母を呼び寄せてわたしは仕事で海外（母は遊んでると思ったはず）。熊本に母を呼び寄せて二人目の出産。親が熊本に来てからは、当然のようにべったり依存。カリフォルニアに行ってからは、毎夏子

連れで帰って親の家に長逗留。酷使してきましたが、これはわたしだけのせいではなく、親の方にも、使っていいよ、なんでもしてあげよう、親なんだからという意識があったから。向こうは使われたい、こっちは使いたい。前夫の母は早く亡くなっていたもので、両親そろっているうちの方が使い勝手がよかったものです。

そのたびに、孫の世話をする母は疲れ果てました。もともと激しく主張し、ののしり、怒鳴り、食ってかかる母でした。短気で獰猛で理不尽でした。で、疲れ果てたどす黒い顔をわたしに向けて、母はののしり、怒鳴り、食ってかかりました。それで、わたしも一つ学びました。孫の相手は疲れるのだ、と。

両親が熊本にやってきて住み着いたのは、前夫とわたしがまだ離婚のことなんか考えていなかった頃です。それはそれは、便利でした。それまで保育園に入れていたのを近所の幼稚園に入れて、おじいさんはお迎えに、おばあさんはおやつの支度に、夕方まで遊ばせて、字を教えて、本を読ませて、わたしが迎えに行く頃にはおかずも数品できてました。食事はたびたびいっしょ、いろんな家族行事もいつもいっしょ。なんだか娘だった頃に戻ったみたいと思ったものです。

便利さにまぎれてるうちに数年が経ちまして、前夫とわたしは離婚しました。うちの親は前夫を大切にし、下へも置かぬ扱いであったけれども、そしてわたしたちの生活は、二人の手伝いを得て楽になったけれども、父と母の作った家庭が、前夫とわたしの作った家庭を浸食し、洗い流し、わたしは多くの時間を娘として暮らすようになり、夫は、その中で、居場所を失っていったんじゃないかと、考えても詮ないことですけれども、今でもときどき考えます。

その夫と別れてカリフォルニアに移住した後、夏に帰って、親の家に同居しました。夫婦二人の3LDKに、しかも真夏に、子ども三人連れて居候したものですから、狭くて暑く、母はストレスをため込んで、わたしと衝突し、爆発し、早く帰れ、もう来るなと暴言を吐きました。まるで思春期のときみたいでした。

あれ以来、わたしは、親の助力は最低限にと思っています。若い夫婦は二人だけで苦労をせよと思っています。いったん出た親の家庭には戻るべからずとも思っているし、子離れした老夫婦は二人だけで生きるべしとも思っています。

今、わたしが、娘の家庭にわざわざ出張っていって、手伝おうとはさらさら思ってないし、やってもいないのは、そういうわけです(いったん離れた育児にまた関わって、赤ん坊の相手をするのは気が遠くなるほど面倒くさいという理由もあります)。

閉経

「もうすぐ閉経……のような気がします。心得を」◉47歳

閉経の前に、月経がいきなり意志を持ったように、残りをぜんぶぶちまけようとしてるみたいに、ものすごい量の経血が涌きだしてきます。月経について話し合った先輩たちが、口々にその血まみれの経験を話してくれましたから、かなり普遍的なことのようです。そしてそれは、わたしにもやってきました。汲んでも汲んでも汲みつくせない泉みたいに、どくどくと経血は涌きだして、わたしをまっ赤に染め上げて、そして涸れました。

不倫

「W不倫中の彼が転勤します。私はどうしたら」◉43歳

未婚者同士ならば、将来結婚するとか家族を作るとか、死ぬまでいっしょとか、いろんな無

謀なことを考えつき、またときにはそれが現実になることもあるのです。それを恋愛の成就と言います。しかし、家庭を壊したくない、事を荒立てたくない四十代の不倫男女に、いったいどんな将来があるのか。何もありません。どんなに愛しあっていても、老い衰えたら会えなくなる。セックスできなくなったら関係は消滅する。もちろん死ぬときは別々です。生き死にに責任のあるのは配偶者ですから。でも、生活抜きの関係から得られるロマンス心、満たされぬ日々の喜び。これは大きい。ほんとはすごく大切なのに、たいていの四十代の人々が、生活に追われて、日々から失っていくものです。

不倫はするけど家庭は壊さないだなんて、狡すぎます。でも、わたしみたいな破れかぶれならともかく(お勧めしません)、まともな人生を送りたい人がいちいち家庭を壊していたんじゃ、そもそも人生が成り立ちません。とにかく今は何もせず、彼とはマメに連絡をとりながら、気持ちの揺れがおさまるのを待ちましょう。おさまれば、状況がよく見え、変化もよく見え、さてどうすればいいか、自ずからわかってきます。(つづく)

老いる女

女の装い

「この年になったらもうおしゃれもへったくれもない」◉77歳

化粧をすれば「妖怪」、しなければ「婆」になると思い込んで、必死に妖怪化をもくろんでいた五十代。「婆」は「妖怪」より強かったのです。

六十代になるともう隠せません。どんなに塗っても、あごの線が力なくたるみ、口の両端が垂れ下がる。しわだらけの首がある。母そっくり。これこそ究極の母の呪いだと、鏡を見るたびに思います。そして手がある。しなびて、色の黒ずんだ手であります。母がこれくらいの年のときに、たしかにこんなふうだった。それからさらに年を取って死んでいった。その経過を覚えてる身としては、観念するわけです。このまま重ね塗りしても、後戻りはおろか現状維持すらできないであろう。何もなかったふりをしつづけるのは、不可能である、と。さいわいわたしたちの文化には、婆ものがやたらと多く、ロールモデルには事欠かない。嬉しからぬ月日身に積もって百年の姥となりて候という具合に、能みたいなのを目指すかと思っています。幽玄美です。

●●●●●●●●●

死に方

「ピンピンコロリで死にたいと思っています」◉70歳

ピンピンコロリは、みんなの夢です。

うちの母も、六十代の頃、よく、ピンコロのための歩け歩け運動に参加してたし、どこかのピンコロ地蔵にお詣りにも行った。でもだんだん老いて、少しずつ衰えて、動かなくなって、倒れたり入院したりをくり返しているうち、とつぜん両手両足が麻痺してしまって、それ以来寝たきりになって、五年間寝たきりで病院で暮らして死にました。

父もまた、老いて衰えて、癌やったり手術したり、しだいにいろんな活動をやめて、出歩かなくなって、うちの中で座ったきりになって、妻が入院して五年、死んで二年、孤独と退屈と無聊の中で生きて死にました。

母は病院で、看護師さんや介護士さんたちに囲まれていましたけど、父は独居でした。

生活習慣病と言えば心臓疾患や脳卒中ですけれど、父の退屈や無聊も、ある意味で、生活習慣病なんじゃないかとわたしは思っていました。何もしないで受動的に生きる、そういう生活習慣をつくったのは父で、もしもっと何か、積極的にできていたら、彼の老後の少なくとも数年間は、もっと違うものになっていたんじゃないか。

でもまた、わたしは考えるんです。年を取るというのはそういうもの、やる気がなくなり、沈みこんで、衰えていくのかもしれません。もしかしたら、一見普通に見えてただけで、父の脳はちぢんでいって、何にもできなくなってたのかもしれないんです。

父は父で、父なりに、懸命に生きていた。それはわかっていた。懸命に生きてる人間に、もっと懸命に生きろというのは無理であります。父には父の生活がある、父の生き方がある。そう受け入れるしかなかったんだと思うんです。

でも、親がピンコロで死なないで、こうして長患いの末に死んでいった。介護の苦労を経験して、シモの世話も少しして、あとは他人(ヘルパーさんやケアマネさん)にサポートされて、なんとか見届けた。見届けて突き抜けた、人間の生から、死へ、と。それは、これまでにない充実した体験だったのです。子どものとき、父の膝の中でいろんなお話をしてもらったり、本を読んでもらったりした。あのときから、死んだ父の手をにぎるわたしまで、時間はつながっていたのでした。いい時間がつづいて、終わりました。そして、本人にとっては、ピンコロ死だろうが、長患いの死だろうが、死は死であった、死に、いいも悪いもなかった、というのが、見届けて突き抜けたところで得た、わたしの感想です。

母の頭

「寝たきりの母が病院で頭を刈り上げにされて、とてもみっともない」◉54歳

うちの母もまさしくそうでした。娑婆にいた頃は身ぎれいにしていた人なので、角刈りみたいな寝たきり仕様のヘアスタイルがなんだかなじめず、行きつけだった美容師さんに出前してもらおうかと母に言ったら、即座に断られました。「もう、いいのよ」と。その言い方がさばさばしていて、爽快でした。

その頃、母の眉毛から長い毛が数本伸びていたんです。あごにも太い毛が何本も生えていたし、唇の上はヒゲだらけでした。わたしは気になって、見つけるたびにその毛を取り除いてま

した。母本人は「年取って男になっちゃったのよ」と言ってました。「放っといてよ、気にならないから」と。なじめないのは「昔の母」のイメージを持ってる娘の方で、母はとっくに、一歩進んだ自分の老いを生きてるんだなと発見しました。

うちの母は、あれよあれよと四肢の麻痺が進んで自力でトイレに行けなくなってしまったんですが、そのときにも、人に介助されるという現実をさっさと受け入れました（まあ、排泄の介助をされることには慣れても、自分の「もう治らない」という状況を受け入れるまでには、長い時間がかかったんですが）。

わたしも母の排泄の介助を何回かしましたが、娘の前で、母は悪びれず、おしっこして、うんちをしました。昔、母は「自分でトイレできなくなったらおしまい」なんて言ってたんです。でもできなくなってしまえば、「受け入れる」に、こんなに潔く軌道修正できるんです。つまり、人間としてのいちばんの基本は「それでも生きる」。すごいことだと思った次第。

……………

生き方の違い

「母を施設に入れたことを、親戚からいろいろ言われています」◉50歳

今は、二つの生き方がぶつかりあっている過渡期です。

一つの生き方は、人は個人で、自由に家を出て、土地を離れて、行きたいところへ行こうという。もう一つの生き方は、人は家に属していて、昔ながらの、生まれて育った土地でずっと暮らして、家族に囲まれて老いて死ぬという。

どっちかの生き方をずっとしていれば、話は楽だ。外に出ていこうという生き方は、老後子どもがそばにいなくなっても、こういうもんだとあきらめるし、まわりの人もそういうもんだと思っている。同じ場所にずっと住む生き方は、そもそも子どもが出て行かず、親が老いたときには都合よくそばにいる。

で、今は、その二つがごっちゃになってます。よその土地の学校に行き、よその土地で仕事を見つけ、よその土地で生まれた相手を見つけて家庭を作る。みんながこれをあたりまえと思ってるわりに、死や介護に向き合うと、とたんに、手のひらを返したように、本人も、老人たちも、周りの人々も、戻って当然、そばにいて当然と思おうとする。施設に入れるなんて姥捨て山、死に目に会えないなんてかわいそう、とプレッシャーがかかる。

しかたがない。二つの生き方をどっちもやってやろう、身がひきちぎれるまで、と覚悟してるわたしたちの世代であります。

わたしたちが死んでいく年頃になったら、もっとみんなが自由になっていて、もっと自由に生きる生き方が身についていて、こんなもんだとあきらめながら、独居でも孤独死でも受け入れられるようになってるといいなあ、と思うんです、子どもたちの世代が、わたしたちみたいに四苦八苦しないためにも。

いつか、親の主治医が言ってくれました。「比呂美さん、人の死に目は、会えなくてもしかたのないものなんですよ。この病院に入院してらっしゃる患者さんたちだって、看護師が気がついたときには亡くなってたというかたがたくさんいらっしゃいますよ」と。

親戚など、外野に過ぎない。無視するしかありません。

ヘルパーさん

「母がヘルパーさんを家に入れたがりません」◉52歳

母の抵抗は理不尽ですけど(どう考えても母のためになるんですよ)、よくあることなので、ここは、策を講じます。お勧めはこれ。

お客様をお迎えするつもりでヘルパーさんをお迎えする。ゆっくり時間をかけて、保育園に行きはじめるときの慣らし保育のように。おもてなし係は、母です。お茶を淹れてもらい、お茶菓子を出してもらい、そしてお客の相手をしてもらう。ヘルパーさんにはお客さんに来たつもりで、ゆっくり母と話してもらう。そして、少しだけ家事をやってもらう。そこに必要なのは、何が何でも、ヘルパーさんに入ってもらわなければという娘の意志。ヘルパーさん導入の時期には、他のことはばんばん譲ります。でも、ヘルパーさんだけは譲りません。これだけは譲れないという姿勢を親に伝え、断固たる決意を親に示していくのが大切です。

うちの母は、そうやってヘルパーさんに慣れていき、慣れたら、あっという間に信頼を寄せました。ちょうど父とは老年期いがみ合いの真っ最中で、話し相手を欠いていたことでもあり、生活を任せられるヘルパーさんのプロの手腕に、こちらを尊重してくれる、おとな同士の距離感に、とっても安心したようです。

そういう意味でも、きちんと訓練されたプロのヘルパーさんにきちんとした紹介所をとおして出会うべきです。

妻と夫

「相手の言うことにいちいちイライラする」◉63歳

「会話がつづかない。腹が立つ」◉76歳

いよいよ夫婦仲はギスギスしてきます。これが、前項で出てきた「老年期いがみ合い」。よくある理由の一つは、耳の聞こえです。

え？　え？　とくり返し聞き返されれば、耳が遠いとわかっていても、この人は、聞こえないんじゃなくて、ほんとはこっちの話を聞きたくないいんじゃないかと邪推してしまうのが人情です。「何々なのよ」と言って聞こえないなら、もう一度「何々なのよ」とくり返せばいいのに、「何々だって言ってるじゃないの」ととげとげしくなる、自分を否定されたという怒りにまみれて。誤解なんですが。

妻と夫の間柄とは、相手は本質的に自分を否定したいのかもしれないという猜疑心がやすやすと入りこむ間柄。コミュニケーションすることを基本にして、向かい合ってる関係だからでしょう。言葉だけじゃない、食事も、セックスも、生活を共有することも、コミュニケーション。それに欠けるとギスギスする。しかしながら、老いてきて、生活は全般に刺激がなくなってきているので、暴力だ人格の否定だという居たたまれない不満がないかぎり、このギスギスした感じもまた、貴重な刺激です。

夫がいやだ、夫がうっとうしいと思いながら生きている。家庭の中で会話もろくにない、なんて孤独と思っている。五十代六十代の女なんて社会との関わりも人間関係も充実していることが多くて、ばんばん外に出て行くから、夫なんて、家の中に「気配がする」くらい。セックスして、ケンカして、子を生して、ごはん作って、ごはん食べて、またケンカして……とやってきた相手です。昔から古夫婦を「空気のように」と言いますが、気がついたら、すぐ隣で、古夫が、気配という空気みたいなものになりかけて、かたまっている。耳が悪いせいで、コミュニケーションもろくにできなくなっている。

ところが、夫が妻より早く亡くなってしまう。そのときに、今まで孤独と思っていたものは、孤独なんかじゃなかった、ただの刺激だったと思い知ることになり、スケールのぜんぜん違う、ほんとの孤独が、大きくぽっかりとまっ黒な口を開けて待っている……わたしは何人もの女たちから、こんな話を聞きました。

離婚

「私は八十、夫は九十、結婚して六十年間耐えてきました。もう我慢はやめて、離婚して、自分らしく生きて、最後はホームに入りたい」◉80歳

残念ながら、離婚してお金を分けるより、相手が死んで引き継いだ方が得なんです。年金は分割できるといってもたかがしれていて、調停だ、裁判だと、離婚までの道のりで、人の無理解に直面するのは、むなしくてかなしくて辛いはず。

それなら、今すぐ、ホームに入りましょう。仲の悪くない夫婦でも、別々の施設に入らざるをえないことがある。ままある。同じ施設でも、別々の部屋ということも。そういう制度を逆手にとって、利用するんですよ。

入ったら、そこで名前を変えましょう。たとえ通称でも、自分の姓に戻って、自分を呼んでもらえたら、どんなにさっぱりするかわかりません。

捨てられない

「モノが捨てられません。ニュースなどでゴミ屋敷を見ると他人事と思えません」◉65歳

断ち切って捨てて忘れることができたらどんなにいいだろうと思いつつ、思うんです。切れも捨てても忘れもせずに、ずるずるとひきずって生きてきた。それがわたし、と。

長年日本の外で暮らしてみて、実感しています。西洋の家は、すっきりと整理整頓され、モノがない。不必要なモノは車庫や地下室に収まっているんですが、そこすら、日本人の家の居間より整然としているのです。とくにドイツ系や北欧系の家は、住居というよりまるで茶室です。片や、日本人の家はごちゃごちゃしてます。わびさびは日本の文化のはずなのに、生活する場は雑然と、モノは出しっぱなしで、平らなところにはすぐモノを置く。簞笥の上にもテレビの上にも食卓の上にもモノを置く。「もったいない」が基本だから、いつか使うかもしれない不要品も、人にもらったお土産品も、捨てられない。長く西洋で暮らしていても、西洋人のパートナーがいても、日本文化で生まれ育った女がそこに住むかぎり、程度の差はあれ、みんなそうなる。それがわたしであり、わたしたちであるのでしょう。

いつか死ぬ。それまで生きる。これが、女にかぎらず、人生の基本です。

父が死んだとき、父の住んでいた家の中身を、そっくりそのまま片付け業者に頼んで処分しました。人がここに生きた。暮らした。その思い出の染みついたあれこれは、きれいさっぱり無くなりましたが、世界は何ひとつ変わらずつづいていきます。

自分の住む不要品だらけのこの生活も、不要品そのものも、わたしが死んだら、何もなくなる、そしてわたしはいつか死ぬ、ということに気づきました。ひきずって行かねばならないのも、ひきずって行けるのも、そこまでです。

ペットロス

「十五年同居した犬が死にました、せつなくてたまりません」◉60歳

昔よく母が、「犬や猫を飼うのはいやだ、死ぬから」と言っていました。うちで飼ってた犬も、猫も、わたしが世話するはずが、子どもの生活は忙しくて、どうしても疎かになり、えさやりも、死んだときの始末も、いつも母がやってました。その負い目もありまして、命の短い

犬や猫を飼うというのはそういう悲しいことなんだろうと、母のことばを聞きながら、思っていました。でも、この頃いろいろ経験して、今はすっかり違う意見です。「犬や猫は、わたしたちより先に、生きて、死んで、命そのものを生も死もひっくるめて、わたしたちに引き受けさせてくれるからいいんだ」と思っています。

女友達

「友人が死にかけています。私に何かできるのか」◉70歳

話を聞くことができます。それは、友人にしかできないことです。手をつないで、友人の話をじっくりと聞き取ります。

宗教

「母が観音様をお祀りしはじめました。うちは浄土真宗です」◉58歳
「死んだらどうなる」◉67歳
「お墓なんかに入りたくないと娘に言った」◉75歳

死んだらこの意識がなくなってしまうと思うのは怖い。死ぬときに痛かったり苦しかったりするかと思うとさらに怖い。その苦しみを一人で経験するのかと思うともっと怖い。だから、人は、死んでも意識は途切れず、この意識のまま別の世界に行くのだと考えた。死ぬときは、そっちの世界から、誰かが迎えにきてくれると考えた。

精神的な高みを目指す宗教もありますけど、おおぜいの大衆や民衆、うちの親なんていう人々も、そんな感じで死について考えたいんだなと、それが民衆的な宗教の発端なんではあるまいか。親の死ぬ過程をじっくり見ていて、そう思ったわけなんです。

怖がらない人は、そのままあるいて行けばいい。怖がる人には、宗教で、怖がらなくてもいい方法を教えてあげればいい。

死なんてものは、「かみすぢ切るがほどのもの」と法然が言いました。わたしの観察した死とは、こうです。……大きな息を一つして、二つして、次のが来るかと思ったら、来なかった。二つめと三つめの間で、その境をすっと超えた、それが、死でありました。

………夜の孤独

「夜眠れなくて入眠剤を飲みます。それで朝起きられません」◉78歳

腹をくくって、昼夜逆転の生活を心がけたらどうでしょう。

NHKには「ラジオ深夜便」という、一晩中聞ける、高齢者も楽しめる番組がある。テレビを録画して見ることもできる。DVDも見られる。ネットなら、一晩中なんでもありです。小腹が空いたからちょっとコンビニへというのは、徘徊と間違われるからやめた方がいいにしても、高齢者には、別に、朝起きて行かなければならない仕事場がないんだから、昼夜逆転生活を満喫すればいい。若かった頃は思ってましたよ、今起きないで済めば、あと少しでもこのまま寝ていられれば、と。でも、そう父に言っても、どんなに言っても、独居の父は、夜、眠れ

ずに入眠剤を飲み、まだ眠れずに飲み足して、結果、朝になると、起きてもふらふらして、半日をぼうっとして過ごすという日々をくり返していました。昼間ぼうっとして過ごすから、ほとんど動かず、陽にもあたらず、それでからだを使って疲れることがないから、夜になるとまた眠れない。

たそがれ泣きをしていた赤ん坊の頃から、日暮れは寂しいのです。赤ん坊が泣かずにいられないほど、寂しいのです。夜にあるのは、更けたら眠らずにいられないような、人間の深い記憶がそうしたがっているんじゃないかと思うような、そんな根源的な寂しさです。あるいは死ぬということそのものが、夜に似て、とても寂しいものなのかもしれません。

気むずかしさ

「父が気むずかしくなって困っています」◉64歳

これがパートナーならば、うっとうしいわね、とケンカふっかけてやるのが、生活の刺激にもなって、いちばんいい方法なんです。しかし父ならば、放っておくしかない。そこが娘の限界と思います。むりやりおだてて持ち上げるのもいやだし、慰めるのもばかばかしいし、放っておいて、自分が納得するのを待つしかない。

年取った人たちの気むずかしさは、本態性です。機が熟して、からだの芯からわき上がるような、暗い気むずかしさ。

思春期の人たちの爆発するような気むずかしさ、更年期の人たちのむやみと攻撃的になってるような気むずかしさとは違います。

ずっと男でやってきた人間が、ふと「自分が無力であることに、自分が社会や家族に何の意味も影響力も持ってないことに、気づいてしまった」ような気むずかしさです。

認知症の親

「認知症の母と同居してもう六年。早く死んでしまえばいいと日々思っています」◉56歳

ぎりぎりの日々とお察しします。

この間、信頼している介護士さんに、おもしろい話を聞きました。介護士になるには、向き

不向きがあるというのです。向いてない人はすぐやめていくというのです。で、どんな人が向いてないんですかと聞きましたら、人の世話をするのが好きでない人、と。そういう人は最初から介護士さんになろうと思わないんじゃないかと思ってましたが、そうでもないようです。できるだろうと思ってなってみて、できないこともあるそうです。向き不向きですね、とベテランの介護士さんはサラリと言いました。自分の経験、人の経験、友人たちの経験をつきあわせた上で、わたしが考えてきたのはそこ……。向き不向き。向いていればできる。向いていなければできない。シンプルな真実です。

認知症の親を在宅介護する。ものすごいストレスだと思いますが、それでも、ありえちゃうのは、ときどき、すごく向いている人がいるからではないのか。でも、それだから、向いてない人たちもまた、自分だってできると思ってしまうのではないか。

認知症の在宅介護だけではありません。高齢の親と同居することも、介護のために人に頼むことも、介護のために仕事をやめ、自分の生活をなげうつことも、あるいは老老介護なんていうことも、できない人には、逆立ちしたってできないのに、できる人にはできてしまう。

あっけなくも、ただ「向き不向き」、それだけのことだったのではないか。できないときには、自分は向いていないんだと納得して、あきらめていいんじゃないか。

在宅介護をやってる理由は、さまざまあると思います。でも、死んじゃえと思うのは、ただごとではありません。

やはり建前を言いますと、親とはなつかしいもの、めんどくさいもの、うっとうしいくらいに自分の心配をしてくれたもの。小さいときから心を許し、甘えてきたもの。そして今は、あっちが老いてこっちに寄りかかってきて重たいもの。困っていれば助けてあげたくなるものなのに、死んじゃえと思うまでに、追いつめられた娘の苦しみがある。

まず自分でそれに気づく。向いてないんだと思えば、イライラも死んじゃえと思うのも（そしてやはり気がとがめるのも）、当然のことであったと納得できる。

在宅介護をしなければならない理由はさまざまあると思います。家族的な問題、経済的な問題、社会の問題、どれも大問題で、今すぐどうこうというわけにはいかない。それでも、自分は向いてないのだと覚悟して、違う方向を探していかなきゃだめだと割り切る。そうしたら、その先の方角に、希望が、少しずつですけど、見えてくるのではないですか。

認知症の恐怖

「認知症になるのではという恐怖が四六時中頭から離れません」◉70歳
「うっかりミスをすると周囲が認知症を疑うので、腹立たしい」◉75歳

認知症になるのが怖いというこの恐怖は、今のわたしたちの意識のまま、ああなってしまったら、と考えるからだと思うのです。

認知症の人たちや、ただ年取った人たちを見ていると、壮年期に比べたら、出力七十パーセント、いや二十パーセント、いやいや五パーセントかもしれないと思うことだってある。どんなにしゃっきりした人だって、出力百パーセントの昔のままということは、めったにない。物忘れが激しくなり、視力は落ち、細かいことは気にしなくなっている。自分のことに精一杯で、それ以外はどうでもよくなっている。昔なら恥ずかしいと思ったことも、恥ずかしいと思わなくなっている。

だから、みなさん、従容として、そこに赴く。赴いて、それなりに生きて、最後まで生きて死ぬ。

死に近づいていくのは怖い。だからこそ、一見不便そうに見える老化の数々も、認知症も、自分を守る一つの手段じゃないかと、思わないでもないのです。

排泄

「姑のシモの世話がいやなんです。つめたいですか」◉51歳

当然ですよ。うんこは臭い。汚いと思うし、さわりたくない。そのニオイは悪臭ですから、嗅ぎたくない。赤ん坊の便はあんなに楽にさわれたのに、おとなの便はこんなに苦痛だ。やっぱりその人との距離感が違うんですね。

まずお勧めは、それをプロ(ヘルパーさん)に任すこと。もしそれができないのなら、便から意識を外すこと。たとえば、おむつ換えの技術的向上を必死で目指す。どれだけ手早く、確実に、うまくできるかに心魂をかたむける。いやだなというだけじゃなく、満足感も得ることができるように。

排泄は、生の中心です。食べて生きる。食べたらうんこする。うんこは臭い。これはもう、

これ以上ないくらい当然のこと。

わたしは、両親の排泄を数回手伝ったくらいですけど、やってよかったと思っています（そんなにいつもしないで済んだのも、とてもよかったと思います）。それをやったことで、行き着くとこまで行きました。

犬のシモの世話もやりました。こっちはもうさんざん。

ジャーマン・シェパードで、最後の数か月は、おしっこもうんこも、垂れ流しでした。臭くて汚いのは、人のと同じです。それを粛々と片付けました。そのうんこの一つ一つに、生きてる、生きてる、と命が主張してるように思えました。犬が死んだとき、何かすごく大切なことを、犬はわたしに、やらせてくれたんだなと思いました。臭くてたまらなかった家の中から、どんどんニオイが消えていきました。

デイケア

「母がデイケアに行きません。プライドの高い母です」◉58歳

ああ、デイケアというものが、今みたいに高齢者が高齢になってからよっこらしょと行く、ないしは送り出されるシステムじゃなく、生涯学習として、「おとな学校」みたいな名称で、六歳でみんなが小学校にあがるみたいに、六十になったらみんながそこに登録して、義務教育みたいに、強制されるのはいやだけど強制的に、最初は週一くらいで通いながら、おもしろそうなクラスを取って楽しむものであったら。「ロックの歴史」とか「世界文学概論」とか「新しい免疫学」とか。「将棋実技」や「実践的料理実習」なんかもあり、「お嫁さん論」や「人を動かす心理学」なんかもあり、それから少しずつ辛気くさくなり、「文学の中の宗教」とか「往生論」とか「独居のための栄養学」とか、「死に方の医学」とか「緩和ケアの漢方」とか「怖くない認知症」とか「糖尿のふしぎ」とか、それからもっと進んで「お墓のいろいろ」とか「わたしのお経」とか、老いの進行によってだんだんカリキュラムが変わっていって、やがて「折り紙講座」とか「うたいましょう小学唱歌」といった、現行のデイケアに移行していくならば、どんなにプライドが高くても、だれも抵抗しないのにと思います。

母と娘

「母を送りました、なぜもっと親身の介護ができなかったろうと今になって後悔しています」◉61歳

後悔はします。どんなに介護しても、します。やり遂げたなんて思ってるような介護は、やり過ぎです。がさつ、ぐうたら、ずぼら、と以前言いましたが、介護というものも、また、それでなくちゃいけないと思うんです。理由はかんたん。親より子どもが大事、だからです。

わたしは甘やかされた子でして。親は、子どもをそだてるためになんでもするべき、と思っていました。いや、ほんと。

親が老い衰えて、こっちが介護するようになっても、親は、何よりわたしのしあわせをいちばんに願っているはずだと信じてました。だから無理はしない。できないことはしない。こっちの家族を優先する、と。

ほんとはどうだったか。アメリカのものをすべて捨てて、日本に帰ってきてくれたらいいなと父が考えてなかったとは言えません。でも、「帰ってきてくれ」とは、口に出しては言いま

せんでした。たとえやせ我慢でも、娘のために、やせ我慢してくれたんだと思うんです。とまあ、ひどい娘ですが、この考えは親にもらった。親から愛されてるという自信の上に、自分は成り立っているのである。

しかしながら、母とはどうもうまくいきませんでした。それがこの本全体の原動力になってるフシもあります。母からは、いろんな呪いをかけられていたような気がするんです。母がわたしをすごく大切に思っていたということには、疑いを持ちません。英語で言えば、ラブであります。でも、呪いもいっぱいかけられた。最後は老い衰えて、呪いをかけたことすら忘れてるふうでしたが、わたしにとっては、呪いを振り切って生きるというのが人生の命題だった時期もあるわけで、忘れるということはなかったといってもいいのです。

病院で寝たきりだった五年間、母はいつもわたしの帰りを待っていました。帰ると、わたしはいろんな食べ物を病室に持ち込みました。必ず、何か一口ずつ。ビールとさざいかを持ち込んだこともあります(水筒に入れて、看護師さんの目をごまかした)。それから、父のことや娘のこと、つれあいのことで、母にぐちをこぼしました。心配させることで、意識だけでも婆婆の気分をと思ってたんですが、言いっぱなしに言うことで、わたしがどれだけ救われたか知れません。

その母が、死ぬちょっと前に、ふと言いました。「あんたがいて楽しかったよ」と。あら、その瞬間、呪いが解けました。

母は娘を、食いたくてしかたがなかった。母は娘を、大切に思えば思うほど、呪いをかけてそれを食ってしまうという運命を背負っていました。それで娘は呪いをかけられたまま、命からがら魔女の森を飛び出した。それから数十年。魔女は最後の最後で呪いを解く呪文を思い出し、呪いを解いて死にました。

呪いの解けたあとは、まあわたしはわたしですけれど、心なしか、空の色が違います。深々と澄み切った青い空です。

考えれば、わたしだって、母として生きてきた。母というだけで、わたしの存在は、娘にとっては毒となり、呪いとなった。娘たちもずいぶん苦労してきただろうと思うのです。でも、母だというだけで、無条件に娘を受け入れたいと思う心は、きっと呪いを解くのであります。母を見習って、死ぬ前には、三人の娘たちにかけた呪いを、それぞれ解いていかねばなりません。そのときに、なんて言おうか、考えています。

或女の一生

一九五五年　東京板橋に生まれる。零細下請け町工場地帯の路地裏で蝶よ花よの幼児期。

一九六〇年　私立幼稚園の一年保育に入園。すずらん組。幼稚園も幼稚園の先生もきらいだった。折り紙が苦手だった。牛乳と肝油もきらいだった。仲良しは近所の男の子Aちゃんだった。

一九六二年　区立小学校入学。Aちゃんは男友達に「女とばっかり遊んでるやつ」といじめられ、遊んでくれなくなってしまった。近所の書道教室に通い始める。はじめて会報に載ったとき、「ぞうさんみたいな字」と評された。二年後のオリンピックのために、何もかもがらがらと壊されて建てられて建て直されていったのを目の当たりに見た。

一九六四年　東京オリンピック。この頃から肥満児に。あだなは「でぶひろみ」そして「三年でぶ」。動きが鈍くなり、漫画依存が激しくなり、親から漫画禁止を言い渡される。友人の家で学校で、手あたり次第に読みふける。感動したのは、ちばてつや『紫電改のタカ』『ユキの太陽』。テレビの『鉄腕アトム』はもちろん必死で見ていたが、チャンネル権を父に握られており、後はあんまり覚えていない。オルガンを習い始めるが、大嫌いだったのですぐやめて、隣のお絵かき教室に。これは大好きだった。

一九六五年　この頃石森章太郎の『サイボーグ００９』に出会う。『マンガ家入門』にも出会う。石森章太郎と水野英子が好きだった。絵ばかり描いていた。

地球が崩壊して学校が消滅して親も死に絶え、数人の仲間とサバイバル、という話ばかり考えていた。地球崩壊のあかつきには、その衝撃で自分のからだがぱかっと割れて、中からほんとのやせてる自分が出てくる予定であった。

一九六六年　四年五年と清水先生が担任。この先生は忘れられない。親が保健室の先生から「あなたのお子さんは肥満児なのでやせさせましょう」と連絡をもらう。親の食事療法と外遊びを始めたのと身長が伸びたのとで、あっという間に肥満は解消。ふつうの体格になってから、走って同級生をごぼう抜きにしたときにはわれながら驚いた。体育は嫌いだったが、運動神経は悪くなかった。逆上がりはできたし、跳び箱とマットは好きだった。たいていの男子よりも早く泳げた。外遊びは、水雷艦長。缶蹴り。男の子の群れと遊んでいた。女の子の群れは、太っていたときにゴム段や縄跳びでいじめられたので、敬遠していた。六年の夏休み前に初潮。

小学生の間に読んだ本は、漫画の他には、『シートン動物記』。『ファーブル昆虫記』も買ってもらったが昆虫には興味なかった。『メアリ・ポピンズ』。『赤毛のアン』シリーズ。『少年少女世界文学全集』……その中でも『ジャングル・ブック』。『アルプスの少女ハイジ』『太閤記』『義経記』『古事記』。子ども用の植物図鑑と動物図鑑。『ドリトル先生アフリカゆき』は、父が声に出して読んでくれた。心に沁みいった。印刷工だった父が、おもしろそうだからとゲラを持ち帰ってきたのが『エルマーのぼうけん』、わたしはこの本を日本でいちばん早く読んだ子どもである。後で父が本になったやつを買ってくれた。『世界原色百科事典』をすみずみまで読んだ。少し後になると「性交」とか「妊娠」とかいう項をくり返し読むようになり、手垢がついていやだったが、読むのをやめられなかった。

一九六八年　区立中学校一年。入学式の日、制服を着て中学の校舎に入ったとたん、最低な時期に突入したのがわかった。水泳部で自由形の競泳に明け暮れる。身なりには無頓着で、爪をかみ、マル字を書き、ひらがなを偏愛した。中学になって値上げしてもらったおこづかいで『サイボーグ００９』の単行本を買う。以後石森章太郎にはまる。

二年。沖田先生が社会科で担任。矢田先生が国語科。この二人にはどれだけ影響を受けたかわからない。矢田先生には古典の読み方を教わった。教科書には載ってない古典の書き出しをいっぱいプリントして、ここから二つ選んで現代語訳しろ、わからなかったらてきとうに読んでいいのだという指導方法。「蘭学事始」と「奥の細道」を選んで読んだが、ともに人生の基礎になった。沖田先生には女の生き方を教わった。大掃除の日、しゃがんで床磨き中の沖田先生(ミニスカート着用中)に対して、数人の女子が見える見えると言い出して、聞きつけた沖田先生が「なによ、へるもんじゃなし」と啖呵を切って、しゃがんだままで大股を開いた。女はこうあるべきと感動した。

三年。クラス委員長。委員長は男、副委員長は女という当時の慣例を破って。夏休み、歯医者の待ち時間に『罪と罰』を読み、ラスコーリニコフに入れあげるが、ただの恋愛小説として読んでいたような気がする。父の本棚にあった芥川龍之介全集、島崎藤村全集を読みあさる。内申がすごく悪かったが、テストはできた。好きな男の子はいたが三年間片思い、別の子に告白されて「つきあう」ことになった。何回か「デート」したが、緊張するだけでろくにしゃべれず、つまんないものだと思った。

一九七一年　都立竹早高校入学。全共闘とヒッピー文化の残滓色濃く、三無主義世代のまっただ中、学校は数年前にピークだった学生運動ですっかり荒れ果て、先生たちは生徒から距離を取り、つまりほんとに自由だった。荒野に放り出されたような自由があった。制服はいちおう買ってもらったが、すぐ私服、それもジーンズにはきかえて、ずっとそれで通した。校舎に土足で入る生徒も多かった。わたしはトイレ用のサンダルをつっかけていた。直前の世代(全共闘の最後の人々)は群れるのが好きで議論が好きで政治が好きでめんどくさかった。

太宰に出会い、中也に出会う。学業は転落の一途。家庭科で絵本に出会い、石井桃子や内田莉莎子に出会う。古文の先生に勧められて『古文研究法』という問題集をやり、それ以来向かうところ敵なし。反比例して理数系はおちていくばかり。英語は得意だったのに、リーダーの先生に「なまっている」と言われて、やる気をなくした。マンガ家志望の親友Nに教えられて岡田史子に出会う。バンドやってたヒッピーくずれのまじめな同級生たちに教えられてニール・ヤングに出会う。まじめに音楽を聴き、まじめに酒を飲み、まじめに吐いて、タバコその他をまじめに吸い、鎮痛剤でラリっていた。片思いにつぐ片思い。成績は最低だった。

一九七四年 青山学院大学文学部日本文学科入学。

唯一できた国語の点が、倍に計算されたからである。高校卒業直前から摂食障害に突入してボロボロになる。娘が食べないのに耐えられなかった母を相手にしょっちゅう大ゲンカ。日々は、中原中也、宮澤賢治、ニール・ヤング、ルー・リードとかジョニ・ミッチェルとか。どういうわけか、漫画を読まない時期だった。

一九七五年 「新日本文学」の文学学校を受講、講師の阿部岩夫さんに惹きつけられて詩のクラスに思わず登録、詩を書きはじめる。書いて持って行って阿部さんにほめられて、それで摂食障害はぐんとおさまった。治ったわけではない。依存がそっちに移行しただけ。書きまくる数年間がはじまる。阿部さんに勧められて、岩崎迪子らと詩誌「らんだむ」。日本橋の鰹節屋でバイト。けずり節を百グラムきっちり手で量れるくらい熟練したが、客の相手は苦手だった。ふきげんな顔をしているとおばさんのお客に叱られたこともある。中也のまねがしたくて、バイトした金でアテネ・フランセに通った。
一九七六年　「現代詩手帖」に投稿をはじめる。親友Nに誘われてマーケティング会社でイラスト描きのバイト。ニール・ヤングの初来日、武道館。
一九七七年　大学の友人に誘われて『お母さんは……』(詩の世界社、シブ・シダリン・フォックス／渥美育子他訳)の下訳。つづいて渥美さんが創刊した雑誌「フェミニスト」の使いっ走り。あるとき雑誌を配達に行き、新宿の裏通りのフェミニズムのセンターみたいなところで、集会に残っていきなさいよと誘われて出てみた集会はすごかった。性交は未体験だったから、ぎょっとしたが、血肉になったのは間違いない。この頃、最初のセックス。セックスしないと――という意識で挑んでみた。快感はなく、男との関係もつづかなかった。
一九七八年　第一詩集『草木の空』(アトリエ出版企画)を自費出版。縁があり、紹介してくれる人があり、励ましてくれる人があり、親から多少の援助も。

その直前に第十六回現代詩手帖賞。二万五千円が書留でぽろっと届いた。就職試験は教職しか受けてなかった、ことごとく落ちるがかろうじて浦和市教委の臨時採用にひっかかり、浦和市立白幡中学で国語科教師。生徒には人気があったが、だらしがなく遅刻が多く、同僚と保護者には不評だった。某誌で漫画評論を書く機会があり、しばらく離れていた漫画をまんべんなく読む。

若気の至りみたいな日々に、若気の至りみたいな詩を書き散らした。でもその若気の至りみたいな、切ったら血が出るような、血を滴らしながら飛び跳ねてるような詩は、もう書けない。

一九七九年　ひきつづき人生は若気の至りだらけ。不倫の恋愛し執着し苦悩しボロボロになる。母が娘の不倫に堪えられず、毎日、母娘の大ゲンカになり、ついに一人暮らしを始め、男が通ってきてさらにボロボロになり、摂食障害がひどくなったのは、当時できはじめたコンビニのせいかもしれない。これで夜中でも食べ物が手に入るようになった。不倫の関係に悶えながら「歪ませないように」を書く。教師の仕事は向いていたのに、恋愛と詩作に気を取られて身が入らず、一年で臨採の教員をやめる。手近にいた某編集者と衝動的に結婚するが、うまくいくはずもなく、前にもまして苦悩の日々。苦悩しながら「わたしは便器か」を書く。新居の駒込から高円寺に引っ越すが、引っ越して数日で夫は家を出る。高円寺という見知らぬ土地での一人暮らしは堪えがたく、猫を飼いはじめる。某出版社で編集の仕事にありつくが、やがて社長に呼ばれて「きみは書いているほうが向いている」と諭されてクビになる。その後もしばらく一人でいたが、いろいろあり、ついに食いつめて、猫を連れて実家に帰る。この二年間で、中絶を複数回。やけになっていたとしか思えない。セックスとは自傷行為説そのまんまであった。いろいろと立ち迷った末、塾で教えはじめる。現代音楽の作曲家たちのパフォーマンスに誘われ、声についていろんなことを考える。このとき枝元なほみと知り合う。でもまだ、そんなに心を開いてなかった。この頃は、誰にも心を開いてなかった。傷ついた野良猫みたいに東京をうろついていた。てきとうにセックスしてたかというと、そうでもない。だからよけい孤独だった。

もだえながら『姫』(紫陽社)。

一九八〇年　ひきつづき人生は若気の至りだらけ。いろいろと、いろいろとあって、大学院生Nとつきあいはじめる。はじめての同年配の男の子との恋愛。はじめての喫茶店でのデート。人生に前向きになる。恋に溺れて「小田急線喜多見駅沿線」を書く。生活の手段は塾の講師。

『新鋭詩人シリーズ10　伊藤比呂美詩集』の装幀で菊地信義さんに会う。

一九八一年　鈴木志郎康さんの映像作品『比呂美——毛を抜く話』に出演。志郎康さんとのファインダー越しの対話に多くを学んだ。

夏、恋人Nがワルシャワに留学する。十二月にポーランド全土に戒厳令。はらはらして新聞を集めて読みあさりつつ、「ポーランド一触即発」を書く。

一九八二年　ポーランドに留学した恋人Nを追いかけて、戒厳令下のワルシャワに行く。ポーランド文学者の吉上昭三先生(Nの恩師、たまたまワルシャワに滞在中)の助けで、日本人学校の国語科教師として現地採用の手はずをととのえ、裏から手を回してビザも入手。そのとき、某編集者には「一年いなかったら忘れられる」と警告されるが、詩人の集まりで八木忠栄さんに「親を殺しても行かないと」と言われて、行くことに決めた。親は反対したが、決意してからは快く送り出してくれた。戒厳令下のワルシャワにはウィーンからしか入国できず、コペンハーゲンで乗り換えてウィーン、Nと再会してワルシャワへ。はじめての海外旅行、はじめての飛行機、はじめての乗り換え、はじめての外国、はじめての外国語、はじめての社会主義。Nと二人三脚で、まあなんとか。ワルシャワに住んだのも、日本人学校で働いたこともいい経験だった。休み時間に音楽室でクラシック音楽を聴きまくったのもいい経験だった。ポーランド語はNに頼るばかりで身につかなかった。吉上先生がNに、働く妻を持つ夫としての心得を徹底的に教えこんでくれた。吉上先生の妻は、昔から尊敬していた絵本の翻訳家内田莉莎子さんだった。この夫婦の在り方に、どれだけわたしたち若夫婦が影響されたか。

『青梅』(思潮社)。詩を書くことは自由だった。

一九八三年　帰国してNと入籍し、練馬の片隅で幸福な貧乏暮らし。わたしが妊娠し、将来が不安でたまらなかった頃、Nが熊本大学に就職することになり、ほっとする。熊本に決まったとき、まずNと地図を見た。遠かった。

書肆山田の詩誌「壱拾壱」に参加、多くを学ぶ。荒木経惟さんと「現代詩手帖」に「テリトリー論」を連載しはじめる。

一九八四年　春、カノコを産む。晩夏、熊本に移住。奇しくもミノムシ大発生の年であった。ミノムシを何百と踏みつぶし殺しながら、赤ん坊に乳をやってそだてるという倒錯した日々であった。

Nの就職で余裕ができたので、電球を買いに行った店先で、NECの文豪というワープロを衝動買い。高かった、カノコの分娩費用と同じくらいだったが、エイっと。当時のワープロは、今使っているこのコンピュータに比べたら、呆れるくらい何もできなくて、難しい漢字も出ず、十ページくらいで文書を新規にしなければならず、保存のフロッピーディスクはへらへらして脆弱であった。機械なんかで詩を書くものじゃないと、周囲の詩人にさんざん批判された。でも、書く速度は声の速度と同じになった。推敲がかんたんにできるようになった。ものすごい自由が手に入った。

その頃、『照葉樹林文化』を読み、照葉樹林文化に夢中になる。『アメリカ・インディアンの口承詩』を読んで、北米先住民の口承詩に夢中になる。『苦界浄土』にも出会う。

「現代詩手帖」誌上の荒木さんとの「テリトリー論」は、父親について書いていこうと思っていたのだが、うちつづく妊娠、分娩、授乳にすっかり揺さぶられて、そっちの方向へ爆発した。東京へはときどき出ていき、最初のうちはカノコを抱えて朗読会や打ち合わせに動きまわっていた。そんな日々に名詩「カノコ殺し」を書き上げ、カノコをおぶって熊本に帰る途中、都営三田線の西巣鴨の駅で、待ち合わせた編集者にその詩を手渡した。

育児の日々、Nは最強の同志であった。ともに戦った。地方大学の文学部に赴任したての新米教師という立場は、育児をしたい男にとってはすばらしい環境だった。

一九八五年　詩誌「壱拾壱」のメンバーとともに各地で朗読。とくに沖縄ジァンジァンの朗読で、自分のスタイルをとりあえず確立。赤ん坊のカノコにおっぱいやりながら「カノコ殺し」を朗読していたのもこの頃。その頃、佐々木幹郎がミシガンの詩人滞在プログラムに行ったので、わたしも行きたいと思った。すごくすごく外に出ていきたかった。インディアンの口承詩を知るために、アメリカに行きたいと思った。佐々木幹郎に紹介してもらってアメリカの詩人に会ってみたら、ろくに英語ができなくなっている自分に驚き、熊本で英会話教室に通いはじめる。カノコは近所の公立保育園の空席待ちだったが、四月に晴れて入園。これ以降保育士さんたちにはほんとうに世話になる。

『良いおっぱい悪いおっぱい』(冬樹社)。ニューアカ(ニューアカデミズム、当時大はやりだった)で頭がいっぱいの若い男の編集者が「何か書いてよ」と言うから「妊娠と出産のことなら書ける」と答えた。買ったばかりのワープロ文豪で一気に書き下ろした。『テリトリー論2』(思潮社)。自由だった。

一九八六年　初夏、サラ子を産む。第二子は、ずいぶんリラックスしてかわいがれるものだなあと驚いた。カノコは父親にべったりであった。Nもわたしも仕事が忙しくなってきて、家はつねに戦いの様相。育児雑誌「プチタンファン」で「おなかほっぺおしり」の連載をはじめた。書けば書いただけ人につながるような気がした。この頃から講演の仕事もぼつぼつ受けるようになった。テーマはたいてい「子育て」だった。おおぜいの疲れた母たちが、わたしの声を受け止めて必死の顔してうなずくのを見た。そんな一体感、感じるには詩人じゃだめだ、ロック歌手にでもならなけりゃと考えていたが、できるというのがわかった。この頃、平田俊子と出会う。いっしょに同人誌をごく短期間。

『女のフォークロア』(平凡社、宮田登との共著)。女の産育の文化にのめりこんだ。

一九八七年　『テリトリー論1』(思潮社、荒木経惟との共著、装幀は菊地信義)。とても自由だった。『おなかほっぺおしり』(婦人生活社)。自由に書けて描けた。
「北ノ朗唱」(高橋睦郎、佐々木幹郎、白石かずこ、吉増剛造、天童大人)に参加し、朗読と旅と詩人の生き方について、多くを学ぶ。はじめて国際文学シンポジウムに参加していろんなことを考える(シンガポールで)。

一九八八年　仕事を引き受けすぎて、心身が疲弊していた。やりがいはあるが、ほんとにやりたいことができてないようにも感じていた。Nも激しく仕事していた。仕事したい盛りのおとなが二人に幼児が二人、家庭は荒れ果てていたのである。
運転免許を取得。受け取って、その足で国際免許を申請に行き、やめた方がいいのではと言われながら、それも受け取って、数日後にNのワルシャワ大学赴任でポーランド行き。前任者から譲り受けたポーランド車をすぐ運転しはじめる。数日間、友人の夫(ポーランド人)に同乗してもらったおかげで、いまだに基本の運転用語はポーランド語である。前回は何もかもNに頼ったが、今回Nには仕事があったので、わたしが乏しいポーランド語を駆使していろいろと。子ども二人は地元の幼稚園に入れたが、適応しなかった。このときのことは『おなかほっぺおしりポーランドゆき』や『のろとさにわ』に書いた。
『現代詩文庫94　伊藤比呂美詩集』(思潮社)。

一九八九年　日本に帰ったら、親が熊本に移住してきていた。以後「実家は熊本」となる。
『おなかほっぺおしりそしてふともも』(婦人生活社)。

一九九〇年　生活に不満はなかった。よい夫で、仕事は充実して、子どもたちも健康だった。世間ではよい夫婦、理想の夫婦と言われていた。その枠に押し込められるのがいやでいやでたまらなかった。でもそんなに売れっ子というわけでもなかったから、来た仕事はいやがらず引き受けた。
日独女性作家会議に参加してイルメラ・日地谷・キルシュネライトさんを知り、作家たちとの対話からいろんなことを考えた。田中美津さんを知り、斎藤学さんを知り、摂食障害の自助グループNABAを知る。自分が何であったのかというのを知るのは有意義だったが、危険でもあった。金関寿夫先生の紹介で、米詩人ジェローム・ローセンバーグと妻のダイアンを知る。ローセンバーグさんはアメリカ先住民の口承詩の研究者でもある。説教節に出会い、夢中になる。平田俊子とモンゴルに行き、草原に立っていろんなことを考えた。

この頃から身辺がざわつく。いろいろある。ほんとにいろんなことが人生にはある。

一九九一年　Nと離婚、以後も家族として同居をつづけることにする。いろいろある。ほんとにいろんなことが人生にはある。乗馬を始める。最初は阿蘇のウエスタン牧場で、それから熊本市内の乗馬クラブで。必死で乗った。馬肉も必死で食べた。金関先生の手引きで、三か月間家出して、ローセンバーグ夫妻を頼って渡米し、北米先住民の口承詩を探して（ということになっている）旅をする。ローセンバーグさんたちの親友である、イギリス人の画家Hと出会う。ほんとにいろいろとある。自分にとってはヴィジョンクエスト（啓示を得る旅）のつもりでやっていたんだと思う、でも失敗だった、何も得られなかった、と帰ってからローセンバーグさんに電話して話したのを覚えている。

『のろとさにわ』（平凡社、上野千鶴子との共著）。上野さんに手綱を持たれて思い切り暴走した心持ち。

一九九二年　恋愛に悩み抜く。平田俊子とアイルランドに行き、アラン島の絶壁に立っていろんなことを考える。平山と別れてイギリスに行き、そこでHと再会し、さらにいろいろなことがある。

『家族アート』（岩波書店）。作品の中に説経節を入れ込みはじめた。

『あかるく拒食ゲンキに過食』（平凡社、斎藤学との共著）。本にまとめた時は自分がやや心細っていた。

一九九三年　Hのいるカリフォルニアと日本を行ったり来たり。恋愛と家庭の問題と自分自身について、抗鬱剤や入眠剤を濫用し依存してボロボロになって悩み抜く。いろいろあり、さらにいろいろあり、家に居場所もなくなっていた。インド帰りの主治医に飲尿療法を勧められてやっていた。乗馬、水泳、エアロビクス、合気道と手あたりしだいにからだを動かしていたのも、うつ対策のつもりだった。旺盛に各地を朗読講演してまわった。移動することでなんとか打開したかった。詩はもうぜんぜん書いてなかった。何も書けなかった。でも肩書きは依然として詩人のままで、看板に偽りありだなあと思いながら朗読していた。

『おなかほっぺおしり　コドモより親が大事』(婦人生活社)。「プチタンファン」に投書してくる母たちが、子どもをたたいてしまう、叱りすぎてしまうと悩んでいるのが気になっていた。

『わたしはあんじゅひめ子である』(思潮社)。いっぱいいっぱいで書いていたし、生きていた。

一九九四年　ひきつづき気鬱で混沌。いろいろあったようだが覚えてない。でもよく覚えてない。精神病院に入院したのもこの頃かも。

『おなかほっぺおしりポーランドゆき』(婦人生活社、西成彦との共著)。

一九九五年　春、妊娠が発覚、すごくすごくショックであった。悩んで悩んで悩んで、産むことを決めた。秋、渡米して末っ子のトメを産む。枝元なほみが世話をしに来てくれて、作ってくれた甘くないゆであずきのココナツミルクがけの滋養が産後のからだに沁みこんだ。このとき一か月間アメリカに不法残留、この記録が後々まで祟ることになる。

『手・足・肉・体』(筑摩書房、石内都との共著)。前年に「Switch」で連載していた。石内都さんにすっぱだかになって手の裏や足の裏を撮ってもらいたかった。ちょうど摂食障害がぶり返してやせていたということもある(やせの時期は人前に出たがる傾向なのが摂食障害の特徴)。

『家庭の医学』(筑摩書房、西成彦との共著)。壊れていく家庭について二人で必死に考えていた。

一九九六年　ひきつづき家庭は不穏。ついに、Nとの家庭を解散し、子どもを連れてカリフォルニアに移住し、Hと新しい家庭を作る決意をする。この頃FAXで枝元とやりとりする。それはのちに『**なにたべた?**』になる。

『**居場所がない!**』(朝日新聞社)。居場所がなかった頃だ。

『**現代語訳樋口一葉にごりえ他**』(河出書房新社)。これで翻訳に目覚めた。

一九九七年　二月に子どもたちを連れてカリフォルニアに移住。これ以後、毎夏家族で熊本に帰るようになり、熊本の自然と文化に対する愛着が深まる。Hとは籍を入れず、Nほど心を許す気にもならず、生活費用も折半、相手の世話は何もしないという同居形態。仕事はがっくりと減り、生活費を稼ごうと思って書きはじめた小説ははかどらず、娘たちの思春期と異文化への適応にはさんざん手こずり、Hも老化で数回の手術と療養。仕事なんかしていられず、仕事が減ったことを思い煩ってもいられず、毎日必死で四苦八苦。前の不法滞在が災いしてビザの取得におおいに苦労する。結局アーティストのための永住ビザを申請し、いろんな人に推薦状をもらって、不法滞在は罰金を払って、なんとかクリア。ワープロ(数年前に持ち込んでいた)をとうとうコンピュータ(アップル)に切り替える。

一九九八年　「西日本新聞」紙上で身の上相談「万事OK」を開始。この頃、小説を三本書く。「ハウス・プラント」(一九九八)、「ラニーニャ」(一九九九)、「スリー・りろ・ジャパニーズ」(二〇〇一)。Nとの関係について、なぜ自分がNから離れなければならないのか、これからどうすればいいのか、考え直したかったんだなというのは、書き終わってしばらくして思い当たったことだ。

夏、犬を飼いはじめる。タケである。友人の家に生まれたジャーマン・シェパード、うちに来たときは三か月の子犬であった。これから二年間、サラ子と犬を連れて訓練教室に毎週通った。この年はエルニーニョで、カリフォルニアは雨が多かった。

『あーあった』(福音館書店、牧野良幸絵)。はじめて絵本ができた。

一九九九年　室内園芸に夢中になる。二年連続で芥川賞の候補になって落ちて心底こりごりする。「プチタンファン」の元編集者関口香から「今日」という詠み人知らずの英詩が来て、訳してくれと頼まれる。ちゃっちゃっと訳して送り返したら、関口がそれをネットに載せ、ネット上で広まっていった。それは二〇一三年に絵本になる。

『ラニーニャ』(新潮社)。第二十一回野間文芸新人賞。授賞式のとき、黒井千次さんに(新人にとってもあたたかい評をくださる方だ、そのときもそうだった)「あなたはこれから小説に真剣に向き合わないといけない」と言われて、考えた。向き合えるか、と。向き合う自信がまったくなくて暗澹とした。

『なにたべた?』(マガジンハウス、枝元なほみとの共著)。数年前にやりとりしていたFAXのやりとりをまとめた。

二〇〇〇年　最古の仏教説話、「日本霊異記」に夢中になる。きっかけは、その中の濃厚な原始的で直截的なエロである。死者の日(十一月一日)に、枝元なほみとメキシコのワハカに行く。

『伊藤ふきげん製作所』(毎日新聞社)。二年前くらいに「毎日新聞」で連載した「いちこちゃんのおばちゃん」をまとめた。思春期カノコのあれこれ。本にまとめたとき、カノコはもう落ち着いていたが、サラ子はまだまだ、トメは激しく悪たれ中。

『またたび』(集英社)。はじめての食エッセイ集。食べることについてずっと苦しんできた。でも考えずにはいられなかったし、異文化の中でいろんな体験もしてきた。書きたいことはいっぱいあった。

二〇〇一年　津島佑子さんに誘われて日印作家キャラバンに参加、いろんなことを考える。

『ビリー・ジョーの大地』(理論社、サラ子に買って帰った。カレン・ヘス作)。これは、本屋でふと見かけて、サラ子に買って帰った。サラ子が適応できなくてにっちもさっちもいかなくなっていた頃だ。読んだかと聞くと、おもしろかったと言う。それで理論社に持ち込んだ。サラ子に下訳をやらせたかった。ことばを通して、子どもの状態をわかろうとした。そして実際にわかった、考えていることも状態も。同じような状態の、同じような年頃の子どもの話だった。

二〇〇二年 秋、カノコの巣離れ。

『万事OK』(新潮社)。この頃になると、週一回の人生相談がすっかり身についている。

二〇〇三年 カリフォルニアに山火事が頻発。

『なっちゃんのなつ』(福音館書店、片山健絵)。カリフォルニアに移住してから毎年子どもを連れて日本に帰った。そうやって見る日本は、住んでいたときの日本とはまったく違った風景に見えた。風景そのものが生と死を濃く表現してるようだった。

『テーマで読み解く日本の文学』(小学館、津島佑子・中沢けい他)のプロジェクトに参加。津島さんから「説経節」と「曽我物語」というテーマを与えられ、ずいぶんいろんなことが広がった。ぐずぐず足踏みして、書けない小説なんか書いてる場合じゃないかもしれないと考えはじめた。

二〇〇四年 新井高子に誘われて詩誌「ミて」に詩を書き、詩に戻る決意をする。書きかけていた小説を詩に全投入して長い叙事詩を構想し、古巣の「現代詩手帖」に連載をはじめた。十三年ぶりの詩作である。翌年に『河原荒草』になる。最初は書き方を忘れていたが、だんだん思い出した。やっぱり向いている、あたしは詩人だとしみじみ思った。

秋、サラ子の巣離れ。親が年老い、熊本カリフォルニア間の行き来がひんぱんになる。父が要介護1の認定を受けて、ヘルパーSさんに出会う。この後、Sさんはヘルパーさんたちの主任として父の死まで関わってくれることになる。

『日本ノ霊異ナ話』（朝日新聞社）。雑誌「小説トリッパー」で二年ほど連載をしていた。「日本霊異記」のエロさにへきえき、もといすっかり魅了されて、現代語訳をはじめ、それをなんとか作品にと思いながら格闘していたのだが、ゲラになるまで自分が何をやってるのかわからなかったのである。ゲラで直しながら、自分がやってるのは、やりたいのは詩じゃないかと認識した。これでお経に興味を持つ。

『ラヴソング』（筑摩書房）。苦しかった時期の文章をやっと本にできた。

『おなかほっぺおしりトメ』（ＰＨＰ研究所）。「おなかほっぺおしり」シリーズの最後である。「プチタンファン」は廃刊になり、婦人生活社もなくなり、二十年間世話になった「プチ」の編集長Ｔさんが出版を世話してくれた。

二〇〇五年　『河原荒草』（思潮社）。これで復活した。装幀は菊地信義さん。

カリフォルニアは百年に一度の多雨の冬、百年に一度の緑の春。春先、セコイア国立公園に行き、巨木たちに感動する。

九月から十二月まで、トメを連れて熊本に戻る。トメの日本語を定着させるためであったが、ちょうど運良くというか、母が倒れて父の独居が始まった。ところが同時にカリフォルニアで大手術、パートナーＨの心臓病が発覚し、Ｈはカリフォルニアで大手術、わたしは帰るに帰れなかった。その四か月、よく生き延びたものだと後から思う。父の独居を成り立たせるために、手段を尽くした。ちょうどたまたま運良くというか、その頃「群像」で「とげ抜き　新巣鴨地蔵縁起」の連載をはじめる。ずっと試みてきたこと、現代詩としての説経節を完成させたかった。もともと説経節というのは、女の苦労をるると語るものだが、現代の女の苦といったら、金の苦労、男の苦労、子の苦労に介護の苦労、それならぜんぶやっていると気がついて、自分を主人公に語りはじめた。語るうちに、ずいぶん現実の苦が軽くなった。

『レッツ・すぴーく・English』（岩波書店）。やっぱり英語を使って（苦労して）生きているということをまとめておきたかった。

『ミドリノオバサン』（筑摩書房）。観葉植物たちのことをマニアックに愛していた。

二〇〇六年　介護のために熊本カリフォルニア間の行き来がさらにひんぱんになる。熊本で少しずつ友人ができてくる。「とげ抜き」連載中で、巣鴨のとげ抜き地蔵に通いつめる。中沢けいさんのHPを間借りしてブログをはじめる。『河原荒草』で第二十六回高見順賞。はじめて詩の賞の候補になり、はじめて受賞した。

二〇〇七年　『とげ抜き　新巣鴨地蔵縁起』（講談社）。書きたかった詩がやっと書けたと思った。第十五回萩原朔太郎賞。それから第十八回紫式部文学賞。

『コヨーテ・ソング』（スイッチ・パブリッシング）。「とげ抜き」を連載しながら「ココーテ・ソング」を雑誌「Coyote」に連載していた。これはインディアン民話（の中でもエロいものだけ）と自分の詩を組み合わせたもので、なぜ自分がアメリカにいるかということを考えたかった。ひきつづき熊本東京カリフォルニア間を行き来し、日本にいるときは朗読会や講演でさかんに動きまわる。とくに九州内を動きまわる。秋、アメリカ国内を数日間単独放浪。

『あのころ、先生がいた。』（理論社）。清水先生、矢田先生、沖田先生、ほかにも。

『死を想う　われらも終には仏なり』（平凡社、石牟礼道子との共著）。死のことなら、敬愛する石牟礼さんに聞けばわかると思った。

二〇〇八年　春、朗読プロジェクト「詩人の聲」（天童大人企画）で、ひさびさに会心の朗読をして、朗読熱が再燃する。夏、家族でイギリス行き。熊本の仲間と「熊本文学隊」を結成。大勢の人と出会い、関わる。「小説トリッパー」で「海千山千」（のちに『読み解き「般若心経」』）を連載していたので、わかろうがわかるまいが、仏典を買い集め読みまくる生活。

『女の絶望』(光文社)。「とげ抜き」の連載が終わった直後から、「小説宝石」に連載をはじめた。「とげ抜き」の語り文体をひきずりたくなかった。それで落語の文体を取り入れた。ワタクシの問題と思われたくなかった。それで人生相談形式にした。西日本新聞で連載中の「万事OK」をベースにはしてあるが、フィクションなのである。

『きみの行く道』(河出書房新社、ドクター・スース作、改訳版)。これはときどき朗読会で読む。いいことを言ってると感心する。

二〇〇九年　桜の頃、母の死。「母の死ははじめてだが、動揺してない。四年半母は寝たきりで、その間ずっと死をシミュレーションしていたせいかもしれない」と数日後にブログに書いている。父が一人になり、帰るのがますますひんぱんになる。

この頃から、福岡周辺で「ライブ万事OK」をはじめる。お客から相談を集めて、その場で答えていく寂庵法話式講演会。最後は「新訳般若心経」の朗読でシメる。「ユリイカ」で新人欄の選者を引き受けて他人の詩を読む。そだててもらった業界に恩返しするのはこれがはじめて。「男子禁制」(LaLa TV)。女三人が人生相談に答える形式のトーク番組の司会役としてレギュラー出演して、いろんな女たちに出会ったし、再会した。

英訳詩集『*Killing Kanoko*』(Action Books, ジェフリー・アングルス編・訳)。やっとアメリカに居場所が少しできた感じ。

二〇一〇年　父の存在が、ますます重たくなる。必死で帰る。必死で電話する。おもたいです、つらいですと編集者Yさんに愚痴をこぼしていたら、父との会話を書きとめてみることを勧められる。

『読み解き「般若心経」』(朝日新聞出版)。この仕事のおかげで、ずぶずぶと、お経に、仏教にはまっていった。はじめは単なる好奇心だった。それから般若心経に出会って、考えてもなかったところに行き着いた。やってる間に、タケの弟犬が死に、タケの実家の父が死んだ。元夫の父が死んでわたしの恩師が死んだ。そしてとうとう母が死んだ。考える死には事欠かなかった。

『良いおっぱい悪いおっぱい完全版』(中公文庫)。二十五年前には間違ったことも言った。言い足りないこともあった。自閉症について、ぜんぜんわかってなかった(反省)。書くことで人を傷つけてしまう可能性があるということについても、よく考えていなかった(反省)。子どものかわいがり方を忘れているような世相になってきて、子どもに対するネガティブな意見ばかり放出するんじゃなく、子どもはかわいいという根本をまず口で言わないといけないと思った。今のわたしが、二十五年前のわたしをターミネートしにやってくるというつもりで書き直し、書き足した。爽快だった。人生も、またこのように、二十五年後にやり直せればいいのだが。

二〇一一年　『おなかほっぺおしり完全版』(中公文庫)。これもターミネーターとして。

『あかるく拒食ゲンキに過食　リターンズ』(平凡社、斎藤学との共著)。当事者としてだけでなく、当事者の母としての視点も加わって、こっちも十九年後のリターンズ。

二〇一二年　春、父が死ぬ。「そういうわけでくそ忙しいので、どうか個人的なおみまいメールはくださらぬようにお願いいたします。関係者は近くにも立ち寄らぬようにしてくださいますとたいへんありがたいのです。親戚の相手だけでいっぱいいっぱいですので、あしからず。その上以前の住所はもう使っていません。住所不定とあいなりました」と次の日にブログに書いている。

初夏、カノコの子が生まれる。俗にいう孫である。盛夏、父の犬ルイがカリフォルニアに移住。タケ、老いてさらに動けなくなる。この辺の事情は『犬心』に書いた。発酵ものにはまって、紅茶キノコ、塩麴、その他、菌をそだてることに汲々とする。乗馬を再開する。ズンバを始める。父の家を処分する。てな日常は「婦人公論」の「漢《おんな》である」という連載に書いた。後に『閉経記』と名を変えて本になる。冬、タケ死ぬ。「まだここに死んだタケがいます。サラ子のシーツにくるんであります。タケの存在が、部屋のなかで、そこだけしんしんと冷えています。机の上でいつものようにルイが眠っております。その毛むくじゃらのからだといびきが、生きております」とその日のブログに書いている。

『たどたどしく声に出して読む歎異抄』（ぷねうま舎）。仏教への好奇心が昂じてついに親鸞に。この頃は行き来のストレスが極限だったから、間にはさんだエッセイは愚痴だらけ。

『比呂美の万事ＯＫ』（西日本新聞社）。もう十五年間、毎週相談に答えてきた。九州北部では、わたしは詩人というより人生相談回答者のおばさん。

『たぬき』（福音館書店、片山健絵）。熊本の夏アゲイン。

二〇一三年　日本への行き来は少し減った。秋、末っ子トメの巣離れ。冬、一人でベルリンに行き、しばらく滞在する。

『閉経記』（中央公論新社）。「婦人公論」に連載して、往年の「プチタンファン」の「おなかほっぺおしり」の連載時と同じように、読者の気持ちと自分の気持ちと編集者の気持ちがぴたりとかさなりあって、みんなの代弁をしているのだという意識とグルーヴ感があった。更年期や閉経について語り、父の死を語り、母の死について考え直すことになった。

『犬心』（文藝春秋）。父の老いとタケの老いがぴたりと重なった。タケはこっちにすっかり身柄をあずけて、生きて死んだ。わたしはタケの「おかあさん」としてその死を看取った。

『今日』（福音館書店、下田昌克絵）。

二〇一四年　この頃植物のことばかり考えていたので、なんだか髪の毛が光合成をはじめたような感じであった。南カリフォルニアの日本語情報誌「ライトハウス」に人生相談「海千山千」をはじめる。春、Hと二人でイギリスへ行き、ロンドンにしばらく滞在。夏、ルイが死ぬ。「『おじいちゃんとおばあちゃんに会ったら、おじいちゃん自分はアメリカに行ったよ。英語覚えたよって自慢できるね』と言ってサラ子が泣いた」とその日のブログに書いた。

『父の生きる』（光文社）。

『木霊草霊』（岩波書店）。

『閉経記』と『犬心』と『父の生きる』と『木霊草霊』を、ほぼ同じ時期に書いていたのである。女としての生きざま、老犬の観察（そして排泄）、父とのやりとり、植物の観察がそれぞれのテーマであるけれども、根本はひとつだ。生きて死ぬということ。それをみつめて、それを書いた。行ったり来たりしながら書きつづけた。

『先生！　どうやって死んだらいいですか？』（文藝春秋、山折哲雄との共著）。介護もの四連作からのスピンオフ。あるいは二〇〇七年の『死を想う　われらも終には仏なり』のつづきかもしれない。

秋、ジェフリー・アングルスによる二冊目の訳詩集『*Wild Grass on the Riverbank*』（Action Books）が出る。『河原荒草』である。今は、Hの老いをパートナーとしてみつめている。そして「女の一生」を書き終えようとしている。

（二〇一四年八月記）

［追記］

二〇一四年　『女の一生』（岩波新書）を秋に出版。

二〇一五年　H、車椅子を使うようになって、どこに行くにも同伴していく。秋、若い雄のジャーマン・シェパード、クレイマーを保護施設から引き取る。第五回早稲田大学坪内逍遙大賞。

『新訳　説経節』（平凡社、一ノ関圭絵）。長年読み込んできた説経節をとうとう。『リフカの旅』（理論社、カレン・ヘス作。西サラと共訳）。次女サラ子を正式に共訳者として明記。『日本霊異記／今昔物語集／宇治拾遺物語／発心集　日本文学全集08』（河出書房新社、共訳)。景戒と長明が、鷗外くらい好きなのだ。『石垣りん詩集』(岩波文庫、編・解説)。先輩詩人の解剖はスリリングだった。
二〇一六年　Hが入退院をくり返し、親のとき以上に右往左往する。四月熊本地震。そしてH、リハビリ施設から自宅に戻り、自分のアトリエで大往生。一人になる。孤独である。
『禅の教室　坐禅でつかむ仏教の真髄』(中公新書、藤田一照との共著)。でもまだつかめてない。『能・狂言／説経節／曾根崎心中／義経千本桜／仮名手本忠臣蔵　日本文学全集10』(河出書房新社、共訳)。「かるかや」を訳したのだった。
二〇一七年　ひたすら犬と散歩するだけの生活。真空管の中で生きているような孤独。早稲田大学からの招聘に応じ、帰国を考え始める。
『切腹考』(文藝春秋)。鷗外にこだわって十年、最後はHの死で思いがけない場所にたどりついた。
二〇一八年　春、クレイマーを連れて帰国。早稲田大学文化構想学部文芸ジャーナリズム論系で三年間の任期付教授なのに、熊本に在住。学生の相手はものすごくおもしろいが、自分の仕事はできなくなり、行き来も激しく、人生の危機に陥る。
『ウマし』『たそがれてゆく子さん』(ともに中央公論社)。Hの死の前後をエッセイとして。『先生、ちょっと人生相談いいですか?』(集英社インターナショナル、瀬戸内寂聴と共著)。死について、敬愛する寂聴先生にも聞いてみたかった。石牟礼さんは二月に亡くなった。
二〇一九年　ひきつづき早稲田。疲れ果てるあまり衝動的な放浪や移動が多くなり、さらなる危機に陥る悪循環。夏、トランジットでワルシャワに立ち寄る。詩人の同志たちと誌誌「インカレポエトリ」を創刊。第二回種田山頭火賞。『なっちゃんのなつ』(福音館書店、片山健絵)。生と死の絵本がやっと単行本になった。『ばあちゃんがいた』(福音館書店、MAYA MAXX絵)。これも生と死。

(二〇一九年八月記)

あとがき

「女の一生」なら、わたしにはちっとも目新しくないのです。考えれば、人生の局面局面で、つねにそれを書いてきたと言っていい。女の一生がテーマの人生だったと言ってもいい。だからこそ諸問題を真摯に考えつめていくと、所々で、昔書いたあの表現しかないと思うことがあり、読み返すと、やっぱりそれしかない。我ながらよくブレずに生きてきたものです。

そこで、それを踏襲しました。まず女の一生を網羅する『女の絶望』。そして今も連載中の「万事OK」。子育て期の『良いおっぱい悪いおっぱい』『おなかほっぺおしり』、他の「おなかほっぺおしり」シリーズ。思春期の『伊藤ふきげん製作所』『あのころ、先生がいた。』。自分も老いて『読み解き「般若心経」』。親を送って『閉経記』『父の生きる』。それから「或女の一生」は『続・伊藤比呂美詩集』から。ここに正直に言っておきます。

女のすることならたいてい経験済みと思ってましたが、いやいや、未経験のことがいくつもあり、それは経験者にじっくりと聞きました。みなさん、ほんとにありがとうございました。

元のことばを書きつけたときには、その折々に、経験したての感動と好奇心がありました。今はそれがないもので、なかなか書きにくく、書き出せないでいるうちに日々は過ぎ、締切日も過ぎ、岩波新書編集部の上田麻里さんにはほんとうにご迷惑をおかけしました。二人三脚とか辛抱強くとかありがとうございましたとかという以上に(それも言いたいのですが)、手に手を取り合って魔物の隠れ潜む森を走り抜けてきたような気分、二人とも生きのびて、ここであとがきを書いているのが不思議でなりません。

この期に及んで言えることは、落ち着いた今の状態で女の一生の局面を吟味しているうちに、今の自分がありありと浮かびあがってきたということ。ここまで生きてきたからこその達観も納得もあるということ。今の自分でなければ、書けなかったろうということ。昔、『女の絶望』を出したとき、上野千鶴子さんに「こんどは『女の希望』という本を書いてね」と言われてうなずいた、あのときの約束を、果たした思いであります。

二〇一四年八月

伊藤比呂美

伊藤比呂美

1955年東京都生まれ．詩人．

1978年現代詩手帖賞を受賞し，新しい詩の書き手として注目される．第一詩集『草木の空』(アトリエ出版企画)以後，『青梅』，『テリトリー論』1・2，『伊藤比呂美詩集』などの詩集を発表，『河原荒草』(以上，思潮社)で2006年高見順賞，『とげ抜き 新巣鴨地蔵縁起』(講談社)で2007年萩原朔太郎賞，2008年紫式部文学賞，2019年種田山頭火賞，2020年東アジアの詩人に贈られるスウェーデンのチカダ賞を受賞する．1997年に渡米後，カリフォルニア州と熊本を拠点として活躍．2018年に帰国，3年間早稲田大学で教える．

他に『良いおっぱい悪いおっぱい完全版』(中公文庫)，『読み解き「般若心経」』『いつか死ぬ、それまで生きる わたしのお経』(朝日新聞出版)，『閉経記』(中央公論新社)，『犬心』『切腹考』(文藝春秋)，『父の生きる』『野犬の仔犬チトー』(光文社)，『木霊草霊』(岩波書店)，『道行きや』(新潮社)など著書多数．

女の一生　　岩波新書(新赤版)1504

2014年9月26日　第1刷発行
2024年10月4日　第14刷発行

著　者　伊藤比呂美《いとうひろみ》

発行者　坂本政謙

発行所　株式会社 岩波書店
〒101-8002 東京都千代田区一ツ橋2-5-5
案内 03-5210-4000　営業部 03-5210-4111
https://www.iwanami.co.jp/

新書編集部 03-5210-4054
https://www.iwanami.co.jp/sin/

印刷・理想社　カバー・半七印刷　製本・中永製本

ISBN 978-4-00-431504-9　　Printed in Japan

岩波新書新赤版一〇〇〇点に際して

ひとつの時代が終わったと言われて久しい。だが、その先にいかなる時代を展望するのか、私たちはその輪郭すら描きえていない。二〇世紀から持ち越した課題の多くは、未だ解決の緒を見つけることのできないままであり、二一世紀が新たに招きよせた問題も少なくない。グローバル資本主義の浸透、憎悪の連鎖、暴力の応酬――世界は混沌として深い不安の只中にある。

現代社会においては変化が常態となり、速さと新しさに絶対的な価値が与えられた。消費社会の深化と情報技術の革命は、種々の境界を無くし、人々の生活やコミュニケーションの様式を根底から変容させてきた。ライフスタイルは多様化し、一面では個人の生き方をそれぞれが選びとる時代が始まっている。同時に、新たな格差が生まれ、様々な次元での亀裂や分断が深まっている。社会や歴史に対する意識が揺らぎ、普遍的な理念に対する根本的な懐疑や、現実を変えることへの無力感がひそかに根を張りつつある。そして生きることに誰もが困難を覚える時代が到来している。

しかし、日常生活のそれぞれの場で、自由と民主主義を獲得し実践することを通じて、私たち自身がそうした閉塞を乗り超え、希望の時代の幕開けを告げてゆくことは不可能ではあるまい。そのために、いま求められていること――それは、個と個の間で開かれた対話を積み重ねながら、人間らしく生きることの条件について一人ひとりが粘り強く思考することではないか。その営みの糧となるものが、教養に外ならないと私たちは考える。歴史とは何か、よく生きるとはいかなることか、世界そして人間はどこへ向かうべきなのか――こうした根源的な問いとの格闘が、文化と知の厚みを作り出し、個人と社会を支える基盤としての教養となった。まさにそのような教養への道案内こそ、岩波新書が創刊以来、追求してきたことである。

岩波新書は、日中戦争下の一九三八年一一月に赤版として創刊された。創刊の辞は、道義の精神に則らない日本の行動を憂慮し、批判的精神と良心的行動の欠如を戒めつつ、現代人の現代的教養を刊行の目的とする、と謳っている。以後、青版、黄版、新赤版と装いを改めながら、合計二五〇〇点余りを世に問うてきた。そして、いままた新赤版が一〇〇〇点を迎えたのを機に、人間の理性と良心への信頼を再確認し、それに裏打ちされた文化を培っていく決意を込めて、新しい装丁のもとに再出発したいと思う。一冊一冊から吹き出す新風が一人でも多くの読者の許に届くこと、そして希望ある時代への想像力を豊かにかき立てることを切に願う。

（二〇〇六年四月）